茅盾家事

不能忘却的记忆

钟桂松◎著

台海出版社

图书在版编目（CIP）数据

茅盾家事：不能忘却的记忆/钟桂松著.—北京：台海
出版社，2022.6（2022.8 重印）

ISBN 978-7-5168-3277-6

Ⅰ.①茅… Ⅱ.①钟… Ⅲ.①传记小说－中国－当代

Ⅳ.①I247.5

中国版本图书馆 CIP 数据核字（2022）第 062724 号

茅盾家事：不能忘却的记忆

著　　者：钟桂松

出 版 人：蔡　旭　　　　　　　责任编辑：王　萍

出版发行：台海出版社
地　　址：北京市东城区景山东街 20 号　　邮政编码：100009
电　　话：010-64041652（发行、邮购）
传　　真：010-84045799（总编室）
网　　址：www. taimeng. org. cn/thcbs/default. htm
E - mail：thcbs@126. com

经　　销：全国各地新华书店
印　　刷：河北信德印刷有限公司
本书如有破损、缺页、装订错误，请与本社联系调换

开　　本：787 毫米×1092 毫米　　　　1/16
字　　数：150 千字　　　　　　　　　印　　张：12.5
版　　次：2022 年 7 月第 1 版　　　　印　　次：2022 年 8 月第 2 次印刷
书　　号：ISBN 978-7-5168-3277-6

定　　价：58.00 元

目录

上　篇

在上海的生活

一、爱女沈霞的出生

江南的 4 月，已进入春色浓郁百花盛开的季节，油菜花铺满了水乡的平原田野，鲜艳的桃花如云似雾地飘逸在乡村的房前屋后。

温暖的春天，将江南装点得分外妖娆和妩媚，到处河流纵横，春水荡漾，大运河里船来舟往，岸上人来人往。此时，乌镇一带农村开始繁忙起来了，小河里，河埠上，桑园里，到处都是为春蚕而忙碌的男男女女的身影。

春暖花开让孩子们欣喜不已！他们脱掉厚厚的棉衣，在河埠头跑上跑下，帮着大人拿一些轻而小的蚕具，吆喝着、蹦跳着，夹杂在忙碌的大人们中间，特别开心。

春天来了，上海的黄浦江畔也呈现出桃红柳绿春意盎然的景象！

1921 年 4 月，来上海四年多，结婚已三年的茅盾(原名沈德鸿，字雁冰)夫妇，在刚刚迁进的鸿兴坊新居里，沉浸在喜得女儿的兴奋中。

年轻的茅盾学贯中西、通古博今，面对刚刚出生的女儿，兴奋得不知所措。一旁的母亲让他给孩子取名，他竟一时想不出来叫什么好，想了好久，赶个时髦，用个单名，姓沈名霞，乳名亚男。

不过，对于当年给女儿取沈霞一名之事，茅盾直到晚年仍后悔不迭！晚年的茅盾一直问自己，是不是把女儿名字起错了？霞，无论是朝霞还是晚霞，都是美丽的，但也是短暂的。

女儿沈霞是茅盾和夫人孔德沚爱情的结晶。当年茅盾虽年纪轻轻，却担任了上海商务印书馆的大型文学刊物《小说月报》的主编，同时又和北京的一批同样年轻同样热血沸腾的文学青年、学者、教授结社，成立了影响 20 世纪中国文学发展方向的"文学研究会"，成为全国新文学界的一个重要团体。上一年，茅盾还参加了共产党组织，秘密从事事关民族解放大业的革命活动。

女儿的出生，给茅盾一家带来无尽的欢乐。母亲陈爱珠忙前忙后精心侍候着儿媳妇。夫人孔德沚看着长着大眼睛的女儿沈霞，一种幸福和感激之情从心里漾起。她想起自己的婚姻以及这几年丈夫、婆婆对自己的种种关心和爱护，常常有一种婆婆比自己的亲生母亲还要亲的感觉。

孔德沚和丈夫茅盾都出生在浙江桐乡乌镇，两人的婚姻，还是两人都很小的时候由长辈定下的，是娃娃亲。

那是 1900 年初夏的一天，茅盾的爷爷沈砚耕带着 4 岁的茅盾，东栅孔繁林抱着 3 岁的小孙女孔德沚，来到位于东大街的钱隆盛南货店里闲聊。当时店主钱春江也和他们聊，聊着聊着，钱春江忽然对沈砚耕和孔繁林说："你们一个孙子一个孙女，两家定个亲吧，你们两家本是世交，又门当户对。"两个祖父一听，连声说好。

乌镇这个地方，水路发达，北去苏州，南上杭州，东去嘉兴，西到湖州，十分方便，因而镇上商业繁荣。同时，商业的繁荣使镇上的人大多养成讲诚信、守信用的习惯。所以，无论是做纸店小本生意的沈砚耕，还是做蜡烛、纸马生意的孔繁林，同意钱春江建议后，把守诚信践诺言放在首位，从钱隆盛南货店一回家，就分别操办起这件事来。

孔繁林回家操办孙女婚约一事没受什么阻碍，而沈砚耕牵着茅盾的小手回家，将钱春江做媒的事一说，便在家里引起一场风波。

茅盾父亲沈伯蕃觉得这是一件好事，茅盾母亲陈爱珠却很不情愿，觉得公公答应这件事情太草率："两边孩子都小，长大了是好是歹，谁能预料？"

茅盾父亲说："正因为女方年纪小，定了亲，我们可以做主，要女方不缠脚、去读书。"

茅盾母亲还想说什么，沈伯蕃又说："我们已经欠孔家一个情了，这次正是补情的机会。"

原来茅盾父亲和茅盾母亲定亲之前，有媒人持孔繁林女儿的庚帖来沈家说亲，不料"排八字"后，竟说此女"克夫"，所以这门亲事立刻"吹了"。而孔繁林的女儿听说自己命中"克夫"，觉得永远嫁不出去了，心头郁结，不久竟得病去世了。

沈伯蕃对妻子陈爱珠说，尽管孔繁林女儿是因病去世，但这病与同沈家定亲不成有一定关系。因此，这次下一代的婚姻就这样定了。

"如果这次'排八字'又'相克'，怎么办？"茅盾母亲陈爱珠说。

"'排八字'不合也要定亲。"沈伯蕃的语气很坚决，茅盾母亲陈爱珠不再争了。

后来，两人"排八字"的结果竟是大吉，这让茅盾父母着实高兴了一阵子。

茅盾父亲沈伯蕃让钱春江告诉孔家，不要给女儿缠足。但孔家长辈却认为，现在你们要我们不缠足，将来你儿子不要大足的媳妇，再去缠足就来不及了，所以没有理会沈家的要求。幸好小女孩的大姨暗中帮助，缠了一段时间便不再缠了。

此后日子，开明的沈家不断带信给孔家，要孔家长辈让孩子去读书，但孔家信奉"女子无才便是德"，没听沈家的话，终是没有让孔德沚去读书。

如今，已为人母的孔德沚躺在床上，想着自己小时候以及成长中的一幕幕往事，看着自己的宝贝女儿，比照沈家的气氛，她觉得自己娘家长辈太守旧了。

此时婆婆陈爱珠给儿媳孔德沚端来一碗红糖泡锅贴——这是乌镇的习惯，妇女生产后要常喝的"红糖茶"。

孔德沚性格开朗，把婆婆当亲娘，无拘无束，充分感受着沈家的亲情和温暖。

孔德沚和茅盾结婚后，母亲陈爱珠和茅盾才知道，当年孔家没有把沈家的话当回事，德沚的文化水平是只认得一个"孔"字及一到十的数字，而且也不知道上海离乌镇远还是北京离乌镇远。为此，新婚的孔德沚回娘家时还和自己的母亲大吵一场，埋怨父母不听沈家的意见，毁了自己一生。

然而，孔德沚嫁了个好丈夫，还拥有一个好婆婆。刚当新郎官的茅盾有才华，有文化，却没有瞧不起没有文化的妻子，而是开始教妻子识字。

半个月后，茅盾回上海，便由母亲教孔德沚识字。

二、妻子识字

孔德沚正值二十多岁，在丈夫和婆婆教了一段时间后，于1918年春末到乌镇的邻镇石门湾丰子恺大姐创办的振华女校去读书。从那时起，孔德沚开始走出家庭走向社会，接受五四运动前夕的时代氛围的熏陶。

孔德沚在石门湾振华女校里，结识了思想进步的女青年张琴秋、谭勤先等同学，也认识了年纪相仿的青年教师褚明秀。1919

年，孔德沚休学回家侍候卧床的母亲，直至其去世。在五四运动和丈夫的影响下，孔德沚在乌镇参加"桐乡青年社"，和丈夫茅盾、小叔沈泽民以及桐乡的年轻人一起，弘扬新文化，抨击旧势力。后来，孔德沚怀了女儿后，于1921年2月，和婆婆一起到上海与丈夫团聚。茅盾请人帮忙在上海鸿兴坊租了两间房。

孔德沚看着身边睡得香甜的女儿，回想起自己这几年的变化，从心里感激丈夫和婆婆。

女儿沈霞就出生在这样的一个家庭里：父母的结合虽是旧式的，但父母的思想却是新潮的；家庭是革命的家庭，更是和睦的、温馨的家庭。

沈霞出生后，给沈家带来了无限欢乐，也忙坏了茅盾的母亲陈爱珠。尽管家里雇有佣人，但四十多岁的陈爱珠仍整天忙进忙出，忙里忙外，替儿媳孔德沚端茶递水，烧儿媳喜欢吃的乌镇菜，还要照看孙女，帮助喂水、换尿布等。不过，陈爱珠忙得高兴，也忙得井井有条。

而茅盾此时正在主编《小说月报》，沈霞出生时，《小说月报》正办得红红火火，发行量从5000册到7000册再到10000册，销售数量直线上升。由于茅盾一个人编辑杂志，既要编稿子，又要跑印刷厂指导工人排字，晚上还经常忙革命工作，因此，忙得把家当旅店。

嫁到沈家的这三年，孔德沚文化知识水平大有长进。孔德沚本就好学、勤奋、刻苦，加上丈夫、婆婆的帮助，孔德沚从大字不识竟达到了可以看书读报的程度。她还能书写一手娟秀的钢笔字，谁能想到三年前的她还是一个文盲！

孔德沚月子坐满后，将女儿交给婆婆，自己又进了上海的爱国女校继续念书。

　　这个学校离鸿兴坊相当远，德沚上午一早去上课，中午回来吃了午饭，又匆匆去上课，下午6时以后方回家。这样紧张的生活，她还未曾经过。吃饭后，我们陪母亲谈天，一过9点，德沚接连不断打哈欠。那时母亲就叫我们去睡觉，可是我们进了自己的房，我叫德沚先睡，她头一着枕，就呼呼熟睡，我则安然看书写文章，直到12点以后；这中间，德沚也许醒来一次，见灯火通明，含糊地说了句"你还没睡？"就又呼呼入睡了。①

　　茅盾所写的当时情景，就是沈霞出生后茅盾小家庭里时常出现的一个画面。为了让儿子儿媳安心工作、学习，小孙女沈霞被奶奶陈爱珠抱到自己的房间里去照看了。

　　当时，虽然女儿刚出生，妻子要到学校上学，茅盾无法照顾小家庭，但每周一个晚上的党内秘密会议，他一定要去参加。他晚年回忆说：

　　"我去出席渔阳里二号的支部会议，从晚8时起到11时。法租界离闸北远，我会后到家，早则深夜12点钟，迟则凌晨1时。如果我不把真实事情对母亲和德沚说明，而假托是在友人家里商谈编辑事务，一定会引起她们的疑心。因此，我对母亲说明我已加入共产党，而每周一次的支部会议是非去不可的，母亲听了就说：'何不到我们家来开呢？'我说：'如

_____

① 茅盾：《我走过的道路》（上），人民文学出版社1981年10月版，第173页。

果这样，支部里别的同志就也要像我那样很远跑来，夜深回去，这也不好。'所以，暂时仍旧是我每星期一次去渔阳里二号开会，深夜回来时都是母亲在等门，德沚渴睡，而且第二天要去读书，母亲体谅她，叫她早睡。"①

这是沈霞幼年时，沈家的又一个场景。沈家不仅有普通人家一样的生活，同时家庭里充满着革命气息。

三、儿子沈霜的出生

1923年2月10日，茅盾夫妇又添了个男孩。因是沈家的长房长子，按家乡传统，孩子出生后应要长辈取名字。沈家家谱，"德"字辈下面是"学"字辈，由于这个孩子"五行少木"，所以沈家长辈给取了个"学梅"的名字。

但茅盾却按照自己的想法，顺着女儿大名沈霞、乳名亚男的思路，给儿子取了个"阿霜"（又叫"阿桑"）的乳名，"学梅"的名字弃而不用，直到阿霜六七年后上小学时，学名为"沈霜"，后沈霜自己改名韦韬，还有个故事。

沈霜参加革命后，担心自己沈霜的名字让人想起父亲沈雁冰（茅盾），便自作主张改名韦韬。他认为"韦"字带有韧性，"韬"字有内敛不外露的含义。当然，这是以后的事了。

姐姐沈霞快3岁时又有了一个弟弟，本来热闹的小家庭，此时更热闹了。

---

① 茅盾：《我走过的道路》（上），人民文学出版社1981年10月版，第179页。

茅盾依然一心扑在做学问和干工作上，连晚上所有时间和精力也放在革命工作上，所以年幼的女儿、儿子难得与父亲亲近。

沈霞和弟弟很难得和父亲一起吃饭，母亲又忙于读书和做女工工作，于是沈霞和沈霜都是奶奶陈爱珠在照看。

常来茅盾家里聊天谈工作的人，都是一些年轻革命家或者思想进步的新文学青年，茅盾的母亲陈爱珠热情地招待他们，让这些年轻人感觉如同在自己家里一样。

沈霞和弟弟与母亲孔德沚也经常见不上面。孔德沚由于到上海后继续读书，同时在丈夫茅盾以及共产党人影响下，积极投身革命运动。所以也是一早出门，很晚才回家。她进步很快，没过几年就加入了中国共产党。

茅盾和夫人孔德沚虽同是浙江乌镇人，但女儿沈霞、儿子沈霜这两个孩子却都是在上海出生，长大，度过了少年时代。茅盾对两个孩子都不加以限制，用儿子沈霜的话说就是"放羊式"的，鼓励两个孩子自由发展。

童年时代的沈霞，和弟弟沈霜一起，在上海这个大都市里和爸爸、妈妈、奶奶过着充实而快乐、和谐而温馨的生活。

20世纪20年代，由于父亲茅盾工作很忙，当时姐弟俩很少见到父亲，晚上睡觉的时候，父亲没有回家，醒来时，父亲又已经出门了。

那时，茅盾不仅要为商务印书馆编书看稿，还要从事革命工作，如开会、演讲，到平民女校和上海大学讲课等等。

而母亲孔德沚给女儿沈霞、儿子沈霜树立了好榜样。她与茅盾结婚后，从零开始学文化，不封闭自己，敢于接受新事物，不断挑战自己。

平民女校由李达担任校长。李达的妻子王会悟是乌镇人，与茅盾家有亲戚关系。王会悟年纪虽然比茅盾小，但论辈分，茅盾称王会悟为姑母，这样，李达就成为茅盾的姑夫。

李达经常邀请茅盾来讲课，每周三个晚上教英文，学英文的学生有六个人，其中有瞿秋白后来的夫人王剑虹①，还有王一知、丁玲等。

茅盾与瞿秋白在上海大学相识后即成为挚友，尤其是瞿秋白后来与杨之华结婚后，和茅盾家毗邻而居，都住在上海闸北顺泰里，两家来往十分密切。

杨之华和孔德沚经常深入工厂、夜校和女工多的地方，倾听工友、女工们的诉说，启发工友、女工们的革命觉悟。有时她俩还出入名门望族的熟人家里，做阔人家的小姐、少奶奶的工作，启发她们觉悟起来，解放自己。

后来孔德沚在石门湾学习的同学张琴秋来到上海。在茅盾和弟弟沈泽民的影响下，张琴秋也走上了革命道路，孔德沚也经常和张琴秋一起深入工厂从事妇女工作和妇女运动。

1924 年 11 月张琴秋和沈泽民在上海结婚，同年张琴秋加入中国共产党，沈霞和沈霜又多了个婶婶。

茅盾一家和瞿秋白一家关系也很好，有时茅盾母亲陈爱珠做了什么乌镇菜，也会让在家的瞿秋白一家过来尝一尝，瞿秋白和夫人杨之华也"伯母伯母"地亲热叫着茅盾的母亲陈爱珠。

在这一段时间内，茅盾的弟弟沈泽民与张琴秋从谈恋爱到结婚，都在上海。茅盾、瞿秋白、沈泽民这几个家庭因共同的革命

---

① 王剑虹与瞿秋白结婚后不到半年，患病去世。1924 年，瞿秋白和杨之华结婚。

目标和高尚的品格，结下了深厚的友谊。

女儿沈霞、儿子沈霜在这样一个家庭出生、长大。他们是看着父母每日忙忙碌碌，看着家中经常进进出出的叔叔阿姨婶婶，看着奶奶陈爱珠忙着做饭，辛苦招待的样子成长的。

四、姐弟俩儿时玩伴

茅盾、瞿秋白、沈泽民这三家，沈泽民、张琴秋此时没有孩子，茅盾和瞿秋白家共有三个小孩：沈霞、沈霜和瞿独伊。由于瞿独伊的岁数和沈霞同年，沈霜比她们小一点，但家里情况一样，父母都去干革命工作了，于是一段时间瞿独伊也是茅盾母亲陈爱珠帮忙带着，陈爱珠除了照顾他们的日常生活外，还给他们讲《西游记》，讲童话故事，三个孩子整天"奶奶，奶奶"地围着茅盾母亲转。

那时候，拍照片还是很稀罕的事，瞿秋白闲时会和茅盾一家去商务印书馆涵芬楼前的花园里散散步，看看花，照照相。三个孩子中沈霞和瞿独伊岁数相同，那时也就三四岁，而沈霜还要抱着呢。

有一天，瞿秋白拉着沈霞和独伊，到涵芬楼前的花园里玩，走到一处，连连说："来来，就在这里，我和亚男、独伊一起拍个照！"

沈霞一听和瞿叔叔拍照，忙朝照相机方向看，而独伊却因太阳光强，额头上有点痒痒，正用手去抓痒，结果"咔嚓"一声，瞿秋白和沈霞、瞿独伊两个小女孩神态各异的形象被定格在瞬间。

照片上独伊两条裤腿卷起，露出一双半白色筒袜，左手在额头上抓痒，而穿着长衫满脸笑容的瞿秋白则是一副慈父形象，旁边还有一个别人家的男孩被摄入了照片。这是保存下来沈霞小时候为数不多的照片之一。

茅盾也会忙中偷闲，陪女儿沈霞玩一下。一次，沈霞和父亲在涵芬楼花园里玩，茅盾和女儿也照了一张相片。当时的茅盾身穿竹布长衫，头戴礼帽，皮鞋锃亮，要照相时，搬了一把高背藤椅放在花园中，女儿则坐在椅子旁的草地上。从现存照片上看，理着分头的青年茅盾，戴着一副眼镜，一脸灿烂的笑容。这张照片拍摄于1924年1月5日，当时沈霞不到三岁，理一个娃娃头，一只肉鼓鼓的小手伸向远方，似乎在说着什么。而沈霜刚会走路。

沈霞、沈霜的童年生活十分快乐。

此外，与茅盾一家有来往的，除了瞿秋白家外，还有叶圣陶家。叶家有三个孩子，由于叶圣陶夫人胡墨林和孔德沚也常一起去开展妇女运动，教女工们识字，宣传革命理论。因此，叶家孩子与沈霞、沈霜、独伊也常在一起玩。这些孩子年纪相仿，其中叶家的老三叶至诚年纪最小，也最淘气。

据说，有一次叶至诚的母亲胡墨林被叶至诚吵得实在没有办法，便将小小年纪的至诚绑在桌子腿上，至诚挣扎不掉就"哇哇"大叫。当时沈霜到叶圣陶家找叶家孩子玩，看见被绑的至诚在桌子边又哭又叫，就赶快向胡墨林阿姨求情，这才将至诚"放"了下来。

沈霞四五岁时，正逢"五卅运动"前后，茅盾夫妇全身心地投入到革命斗争之中，母亲孔德沚追求进步，积极工作，在沈霞四岁时即1925年4月，由杨之华介绍加入了中国共产党。

孔德沚入党后，革命积极性更高了，每天工作到很晚才回家；而茅盾也是为了革命工作日夜操劳，组织发动民众投身五卅运动。因此，沈霞开始读书的启蒙任务，就落在祖母陈爱珠身上。

沈霜晚年回忆说："我和姐姐的幼年是在奶奶的教养下度过的。奶奶知书达理，记得在我四五岁的时候，奶奶就给我和姐姐讲《西游记》了，她是把书中的故事用孩子们能理解的浅近的语言讲给我们听的。"①

时间过得飞快，沈霞到了上幼儿园的年龄了。

1924 年茅盾夫妇将沈霞送进商务印书馆开办的专门解决商务印书馆职工子女入托的"尚公幼稚园"。与沈霞一起进幼稚园的，还有瞿独伊。

一次瞿秋白去幼稚园接女儿独伊，幼稚园老师和小朋友们要求与瞿秋白合影，满面笑容的瞿秋白站在教室的楼梯上，和大家合影，沈霞和独伊都在其间。

据瞿独伊回忆说："爸爸对我十分慈爱，不管多忙，只要有点空就到幼儿园接送我和沈霞。"②

茅盾对两个孩子十分喜爱，虽然他和夫人孔德沚都很忙，两个孩子又处幼年，但他只要在家，就会尽父亲的责任，关心、呵护姐弟俩。当然孩子们"闹了"，他也会做个"严厉的父亲"。韦韬晚年回忆说："有时父亲白天在家，也是一个人关在屋里写东西。孩子们闹得凶了，影响他写作了，就会在屋里用鸡毛掸子敲桌子，

---

① 韦韬、陈小曼：《我的父亲茅盾》，辽宁人民出版社 2004 年 2 月版，第 3 页。

② 瞿独伊：《怀念父亲》，载于《忆秋白》，人民文学出版社 1981 年 8 月版，第 229 页。

所以姐弟俩都怕父亲。①

五、一家同唱《国际歌》

1926 年初，茅盾告别家人，经过七天的海上航行到达广州参加国共合作时期的国民党第二次全国代表大会。

在广州，茅盾认识了大革命时期的风云人物，也认识了陈独秀的儿子陈延年。大会闭幕后，茅盾暂时留在广州，后于 3 月 24 日返回上海。

1927 年元旦，茅盾携夫人孔德沚去了武汉，将一双儿女留在上海家里，请母亲陈爱珠管教抚育。两个儿女懂事，奶奶管教有方，茅盾夫妇放心地在外面干革命工作。

后来武汉陷入白色恐怖中，茅盾决定将夫人先送回上海。然后，自己离开武汉去了九江。

茅盾到了九江，准备去南昌，然而火车不通，茅盾只好先上庐山准备借道去南昌，谁知上了庐山，才知道下山的路已经被切断。一路上的劳累、困乏和迷茫，让茅盾病倒在庐山上。

病了的茅盾躺在床上望着旅店房间的天花板，思绪奔涌。他的脑海中像回放电影片段一样，闪过武汉火热革命的每一个细节，包括他编发的各地农运消息和进行的各项革命宣传工作，这些场景在脑海中都变成了活生生的影像。他仿佛听到了民众的呐喊声，哭泣声！革命，战斗，杀戮，迷茫……

---

① 韦韬、陈小曼：《我的父亲茅盾》，辽宁人民出版社 2004 年 2 月版，第 206 页。

此时的茅盾 31 岁。

后来令茅盾一举成名的《蚀》三部曲，与他在庐山时那些苦闷迷茫的思考有很大的关系。

茅盾从庐山回到上海后，隐居在虹口景云里的家里。开始创作《幻灭》等小说。

刚回家，母亲陈爱珠告诉茅盾，德沚因劳累导致流产进了医院里。茅盾去医院看望妻子，把自己上九江上庐山等情况简要说了一遍，并安慰妻子：革命还会发展起来的。但什么时候再发展起来，茅盾也十分茫然！

从医院回到家时，女儿和儿子早已进入了梦乡，看着半年多不见的儿女，被母亲养得好好的，茅盾从心底里感激母亲。而母亲陈爱珠仍在灯下看书，等候着儿子回来。

茅盾母亲虽然一直在家，但从报纸上看到了很多有关儿子茅盾的报道，知道儿子上了国民党的搜捕追杀令。晚上，街上警笛响个不停，她知道形势对儿子儿媳非常不利，因此十分担心。

很快，孔德沚出院了。而隐居在家里的茅盾，天天在家足不出户，躲在三楼的书房里，写啊写，有时实在写得太累了，便轻轻地哼起《国际歌》，孔德沚有时也会轻轻地和着丈夫的歌声哼唱着。

《国际歌》还深深地影响着沈霞和沈霜。由于父母亲这段时间一直在家，姐弟俩与父母亲亲近了许多。姐弟俩经常听父亲母亲唱《国际歌》，慢慢也会唱了。

《国际歌》传到中国，并成为激励中国共产党人英勇奋斗的精神支柱，茅盾挚友瞿秋白功不可没。

茅盾告诉女儿和儿子："你们知道这首《国际歌》是谁翻译过来

的吗？是你们的瞿秋白叔叔啊。"

茅盾一家对《国际歌》特别有感情，茅盾直到晚年还清楚地记得：在 1923 年夏，《新青年》改为季刊，6 月 15 日出了第一期。这一期是"国际共产号"，刊登了《国际歌》及乐谱，《国际歌》是瞿秋白翻译的。①

茅盾在家里写小说，写到情深处，他放下笔，脑海里回响起《国际歌》的歌声，他觉得只有这首《国际歌》才能表达自己此时内心的认识和感受——矛盾，痛苦，不甘，追求！

作为第一代中共党员，共产主义信仰始终和他的生命连在一起，茅盾将这种难以言表的情感，用《国际歌》来倾诉，是最贴切的一种精神表达。

《国际歌》在茅盾家里回荡着，沈霞唱，沈霜唱，夫人孔德沚也在唱。儿子沈霜后来回忆说：

> 父亲教我和姐姐唱《国际歌》是在 1927 年夏季，母亲和父亲先后从武汉回到上海之后。那时，父亲突然改变了过去天天不落家的"毛病"，整天待在三楼的书房里写东西，足不出户，使我十分诧异。这段时间大约有一年，在这一年我和姐姐能与父亲经常见面甚至有了与他亲热一番的机会。也就是在这段时间里，他教会了我们唱《国际歌》。他和母亲都不是音乐爱好者，严格地说，他们缺乏音乐细胞，还有点五音不全。在去武汉之前，我从未听他们唱过歌，只听见父亲独自吟哦过古诗文和母亲教我们念的童谣。

① 茅盾：《我走过的道路》(上)，人民文学出版社 1981 年 10 月版，第230 页。

起初，父亲并没有教我们唱《国际歌》，而是在房间里独自低声唱，母亲有时也和着他唱，父亲还常纠正她唱错之处。我和姐姐在一旁听多了，也就学会了。

有一天我们就当着父亲的面唱起来。父亲又惊又喜，夸我们聪明，便认真地一句一句教我们，还讲解歌词的意思。我们自然似懂非懂，只明白了一点，即全世界的奴隶们要起来打倒资本家，最后要实现"英特纳雄耐尔"，但什么是"英特纳雄耐尔"，还是不明白，只觉得这个东西很神圣，连父亲都崇拜它。①

沈霜的回忆从一个侧面反映了大革命失败后茅盾精神状态，也反映了沈霞、沈霜少年时代家庭生活的一个真实场景。

六、茅盾的日本之行

当茅盾躲在家里写完《幻灭》《动摇》《追求》三部曲后，国内政治形势依然一片白色恐怖，乌云依然笼罩在黄浦江上空，而此时，茅盾因长期不活动，躲在家中，身体有些虚弱。

后来，茅盾夫妇商量，决定让茅盾悄悄地东渡日本，暂时躲避一下，也好让茅盾在日本休养身体。

临走时，从不习惯和孩子亲热的茅盾，亲吻了女儿和儿子，叮嘱两个孩子在家要听奶奶和妈妈的话。

1928 年 7 月初的一天，茅盾提着箱子辞别了母亲、妻子和儿女，

---

① 韦韬、陈小曼：《我的父亲茅盾》，辽宁人民出版社 2004 年 2 月版，第 1—2 页。

悄悄地登上从上海开往神户的日本小商轮。当时茅盾化名方保宗。

茅盾到日本后第一站是东京，写的第一篇小说是《自杀》。寄出《自杀》以后，茅盾又写了长文《从牯岭到东京》，表明自己的创作意图以及创作时的思想情绪，还有对文艺的看法。

在东京住了5个月后，茅盾于1928年12月初，又到了京都。对京都这个居所，茅盾很喜欢，他后来回忆道：

> 我的寓所离杨贤江的寓所有一箭之遥，这是面临小池的四间平屋，每间约有八铺席大小。当时我与高氏兄弟为邻，各住一间，另两间空着。房东就住在附近，亦不过一箭之遥，这里，确实很安静，从屋子的后窗，看得见远处的山峰，也不是什么高山，但并排有五六个，最西的一峰上有一簇房子，晚间，这一簇房子的灯光，共三层，在苍翠的群峰中，便像钻石装成的宝冕。
>
> 小池子边有一排樱树。明年春季，坐在屋中便可欣赏有名的樱花，想到这，便觉得我的新居确实是富有诗意，对写作十分有利。①

在京都生活期间，茅盾不断在国内发表着自己的文学作品。并于1929年4月，开始小说《虹》的创作。《虹》描写概括了从"五四"到"五卅"这一历史时期小资产阶级青年觉悟、反抗，最终走向革命的过程。据茅盾后来自述，《虹》于1929年4月至7月创作，8月因迁居，之后再未续尾，因此《虹》是一部未完成的作品。

在日本旅居期间，茅盾的小说、散文创作达到了一个更成熟

---

① 茅盾：《我走过的道路》(中)，人民文学出版社1984年5月版，第29页。

的阶段，其作品包括 1 部长篇小说，7 个短篇小说，12 篇散文。

长篇小说就是《虹》。

1930 年 3 月底，茅盾结束了在日本那段亡命生涯，从日本坐船，秘密回到上海，回到了熟悉的家。

茅盾的家又恢复了往日的热闹和温馨，一股浓浓的书香又重新漫溢在这五口之家中。沈霞读小学三四年级，已变得非常懂事。学习成绩一直名列前茅，平时在家，已开始看小说，各种名著，尽管年龄小，也都"生吞活剥"地啃着。

有一天，沈霞突然要和父亲茅盾比赛读《红楼梦》，看谁读得快，茅盾开始以为是女儿一时兴起，闹着玩。结果沈霞非要比一下不可，茅盾同意了，但比赛结果让茅盾大吃一惊，想不到小小年纪的女儿竟有着如此强的阅读能力和理解能力，这让茅盾又惊又喜。

茅盾虽然可以背出整部《红楼梦》，但女儿的文学天赋如此之高，还是让当父亲的茅盾第一次感受到惊讶。

从此，茅盾对女儿的文学天赋开始关注。

七、代表作《子夜》出版

茅盾从日本回到上海，和家人团圆了，几年不见，女儿沈霞、儿子沈霜都长大了许多。

弟弟沈霜后来回忆说："姐姐的学习成绩始终名列前茅，尤其在作文方面表现得更为突出。①"

① 韦韬、陈小曼：《我的父亲茅盾》，辽宁人民出版社 2004 年 2 月版，第 207 页。

茅盾夫人孔德沚常常骄傲地对丈夫说，女儿继承了你的文学天赋。每每此时，茅盾听了都非常高兴，他和夫人为女儿取得的成绩欣喜自豪。

回到上海的茅盾没有放下写作，他开始搜集素材，准备创作长篇小说——《子夜》。

当时，乌镇在上海做生意的故旧亲戚不少，他们对中国社会的政治经济变化十分敏感，有时甚至比政治家还敏感。茅盾经常去找这些同乡故旧中的企业家们谈天。其中，去得最多的，是卢学溥表叔家，有时茅盾也带着女儿沈霞去。

在卢公馆这个小社会中，茅盾听到不少关于当时中国政治经济形势的种种内幕。卢家的很多同乡故旧，茅盾也大多认识，他们的聊天涉及了政界、军界、金融界、商界，在卢家的那些人什么都乐意和茅盾谈，讲各种市面上发生的故事，甚至政坛上的事情。

这些同乡故旧还热情地邀请茅盾去他们家中和企业里看看，于是茅盾有机会参观了上海的丝厂、火柴厂、纱厂、银行、交易所、商店等。

在各种参观中，茅盾感觉自己进入了一个全新的世界，他看到了世界经济萧条的局面下，当帝国主义国家向中国倾销商品时，中国民族工业的衰败以及一些行业老板的艰辛；他看到了那些在证券交易所"搏斗"的场面，股票指数的上扬与下跌给那些在股市"搏斗"的人们带来的兴奋以及沮丧，还有兴奋和沮丧的面孔背后内心真实的活动。

茅盾感觉到这些人更关心股市之外的形势——战争的胜负、政界的风云变幻。而这些又直接影响着在股市交易中的人们，以及操纵股市的人们。很多人从不在交易所露面，他们住在豪华饭店里，带着情人或者姨太太出入交际场，用各种各样的手段，包括谣言、谎言，利用各方势力，操纵着股市风云。很多操纵者，还有外国势力做后盾，实际上在充当买办的角色。

茅盾在与同乡故旧的交往中，了解到不少社会经济与整个社会形势相联系的内容，包括众多企业老板"悲欢离合"的故事，世间各种人情世故的故事。

同乡有一个老板，曾告诉茅盾这样一个可悲可耻的故事：有个小老板为了打听股市发展趋势内幕，不惜让自己的女儿去充当股市操纵者的情人，想让女儿把情报弄到手，再决定抛还是买。结果，女儿不谙世事，失身于操纵者，"情报"又没有弄来，小老板无脸见人，上吊自尽了。

这个故事，让茅盾十分震撼，他没有想到金钱竟让人的灵魂堕落到这种地步！

在卢公馆，茅盾还听说做公债投机的人曾以30万元买通军阀头子，使其军队在津浦线上北退30里，以蛊惑市场，让投机人乘机活动，获利丰厚。

面对如此丰富多彩的生活素材，茅盾打算写一部都市、农村交响曲，他开始着手拟大纲和故事梗概，初定名为《棉纱》《证券》《标金》。

为了写作真实，茅盾还读了许多金融方面的专业书，深入研究中国棉纱业的历史和现状，以使其小说更具有坚实的生活基础。

经过一年多的搜集材料和不断调整，作品中的人物、情节等基本上在茅盾头脑里形成了，甚至这部长篇小说的题目，茅盾又拟了三个：《夕阳》《燎原》《野火》，后来定名为《子夜》。

《子夜》从 1931 年 10 月正式动笔写，到 1932 年 12 月 5 日脱稿，历时一年多。其间，茅盾与瞿秋白长谈以后，又改变计划，缩小了写作范围，突出强化作品的时代性。

1933 年 1 月，《子夜》由开明书店出版。至此，一部巨著诞生了。它的诞生，凝聚着茅盾的社会使命感和责任感。

《子夜》生动描绘了 20 世纪 30 年代中国东方都市经济、社会的方方面面，形成了一道多彩的风景线。在这道风景线上，映出芸芸众生，映出时代风云，映出中国社会的另一面，也映出茅盾作为一代文学大师的地位和才智。

《子夜》的出版，奠定了茅盾在中国现代文学史上的地位。

女儿沈霞、儿子沈霜也为爸爸取得这么大的成就高兴，尽管他们还小。

八、故乡乌镇

茅盾在上海成名后，依然和过去一样，每年春天，总要回老家乌镇一趟，携着夫人带着儿女，陪着母亲，有时，坐上一天小火轮，傍晚时候回到故乡——桐乡乌镇。

1932 年 4 月初，母亲陈爱珠想回乌镇去住一段时间，那里有老屋在，还有一些亲戚，平时虽不大走动，但来往时仍十分热络。这也是她的惯例——每年天气暖和时，她要从上海这个大都市回故乡乌镇住一段时间。

4 月的太阳暖洋洋地照在大地上，徐徐的春风随意吹拂着细柳。茅盾携夫人、女儿和儿子一起陪伴母亲走在回乌镇的路上。他们从上海坐火车到嘉兴，再转小火轮到乌镇。

一路上，被践踏的油菜田里，一群一群士兵，有气无力地在挖战壕。火车上，一些人在看从地摊上买来的各种闲书，茅盾也带了一本金圣叹手批的《中国预言七种》。车厢里议论的，不是斗志昂扬的抗战，而是闲书里那些各种"预测"。

掌灯时分，茅盾一家回到故乡乌镇。黑乎乎的小镇，似乎更衰败了，一些大的商店已经倒闭，有几十年历史的几家当铺也已歇业，只剩下市中心的"汇源当"了。

在乌镇的日子里，茅盾目睹了1932年故乡的衰败，也目睹了乌镇四乡农村的丰收成灾的惨痛事实，目睹了一些店铺的挣扎和倒闭。

清晨，还是春寒料峭，街上相当冷清。但"汇源当"门前，已人头攒动，人们等候着开门。

茅盾特地起个早，赶到那里观察了解，发现在这青黄不接的季节里，许多人天不亮就守候在门前。他们并没有什么值钱的东西，准备送进当铺的只有身上刚刚剥下来的棉衣，或者预备秋天嫁女儿用的几丈土布，偶尔也有去年留下来嫌亏本而没卖的几斤丝。

一直等到9点钟，当铺才开门，这些在饥饿线上挣扎的四乡农民，你挨我挤，现场一片混乱。当铺每天只用120元钱来营业，当完这些钱就停。因此，那些衣衫褴褛等候当了钱去买米吃的乡下人，就不得不拼命挤，以使自己当的东西能够兑现到钱。

茅盾回到家里，常常来替沈家帮忙的老熟人——一个家在乌镇东栅的农民，茅盾称他为"丫姑老爷"的人，向茅盾这个"沈家少爷"诉说起乡村的艰辛。

他说："少爷你看，我这个人向来不喝酒，不吸烟，连小茶馆都不上，而且种的是自家的田。可这两年来，也拖了债了，虽不算多，但也有百把块钱。"

茅盾一听，问："那你怎么还债呢？"

"打算在'头蚕'里还呀，今年'头蚕'养得好，还清这点债还行。"丫姑老爷回答。

茅盾说："养蚕？能卖给谁？你有这点桑叶，不如卖叶，不要再去养蚕。"茅盾把养蚕的风险说了一遍。

丫姑老爷听着觉得有道理，但沉默了半晌，摇摇头说："少爷，卖叶呀，廿担叶有四十块卖也算顶好了，一担茧子的'叶本'总要廿担叶，可是去年茧子价钱卖到五十块一担。只要蚕好！到新米收起来，还有半年；我们乡下人去年的米能够吃到立夏边，算是难得了，不养蚕，下半年吃什么？"

"可是今年的茧子价钱不会像去年那样好了！而且你又新背了债？"茅盾说。

"是，现在镇里东西样样都贵了，乡下人田里种出来的东西却贵不起来，完粮呢，去年也比前年多——一年一年加上去，零零碎碎又有许多捐，我是记不清。我们是拼命省，去年阿大的娘生了个把月病，拼着没有看郎中吃药，这么着，总算不过欠了几十元的新债。今年蚕再不好，那就——"丫姑老爷苦着脸，向茅盾诉说到这里，便戛然而止。

茅盾点点头，又安慰他几句，丫姑老爷向茅盾告辞。

茅盾在乌镇这些天，对小镇经济有了新的认识。本来在写《子夜》时，研究上海金融经济过程中，不太清楚农村现状，现在有了一个大概的轮廓，又听到了许多令人心酸的故事。

茅盾在故乡的半个月时间中，所见所闻所感是一幅30年代乡村悲惨的画面。

茅盾安顿好母亲、夫人及一双儿女，独自先回到上海。但回家乡半个月的所见所闻，以及自己幼时在乌镇生活时的各种情景，总像放电影一般，在脑海里闪现。他总结出故乡商人勤俭、怯弱、谨慎、奉公守法、缺少决断又会做生意的个性，这也是小商店老板的共性形象。

茅盾开始构思，于6月18日写完了一个关于小镇商人生活的小说。

小说写好后，茅盾题上"倒闭"两字，作为题目，交给马上要创刊的《申报月刊》的主编俞颂华。

俞颂华一看题目叫《倒闭》，便皱起眉头，觉得发在创刊号上，恐怕刊物老板会不开心，于是，便和茅盾商量能否将题目改一下，并建议用小说里主人公店铺的名字："林家铺子"。茅盾一听，觉得有道理，便同意了。

《林家铺子》这部著名小说，就这样诞生了。

九、《春蚕》被拍成电影

10月，茅盾又开始短篇小说《春蚕》的创作。在写作过程中，茅盾调动起积储在自己脑海里的儿时养蚕记忆。

茅盾童年随祖母养蚕，知道养蚕的艰辛，近年几次回乡的所见所闻，又如放电影似的，一个片段接一个片段地呈现在脑海之中。

《春蚕》写得非常顺利，到11月1日已经写完。这篇小说描述了发生在江浙蚕乡的一个故事，一个叫老通宝的蚕农，辛辛苦苦地养蚕，并获得了丰收，但蚕茧丰收了，茧厂却关了门，原因是茧子受日本白厂丝倾销，不值钱了，蚕农生活更艰苦了，老通宝气得一病不起。

《春蚕》这部小说写作结构灵巧、绵密，语言组织精巧、秀丽，读之恰似一幅江南春蚕风俗图。

《春蚕》写完以后，茅盾又写了《冥屋》《秋的公园》《光明到来的时候》等散文。

《春蚕》后被夏衍改编成电影剧本，由明星影片公司摄制成同名影片。茅盾曾到《春蚕》拍摄现场参观过。这是茅盾的作品第一次被搬上银幕。

1933 年 4 月，茅盾写了《秋收》，后来又写了《残冬》，内容都是描写农村经济破产和农民斗争的故事。

茅盾为营造自己家乡乡镇风景线，短篇、散文、速写诸文体一齐上，使这道真实的乡镇风景线，更加绚丽更加灿烂。

1933 年，他的小说《当铺前》，以乌镇所见的真实情景为背景，记叙了社会生活中惨剧的一幕。此后《老乡绅》《速写》《香市》《乡村杂景》《陌生人》《谈迷信之类》等，都是 1933 年茅盾描写乡镇风景线上多彩的一笔！

1934 年，江浙地区遭受百年未遇的旱灾，乌镇四乡出现河流干涸的灾情。茅盾回乡，目睹旱象和灾情，写了纪实性小说和散文《赛会》《大旱》《戽水》《桑树》《人造丝》《疯子》等作品。

这些作品，反映了 20 世纪 30 年代初，农村经济凋敝、农民破产的状况，揭示了帝国主义经济侵略是农村破产的原因，也揭示了政府的腐败及农民固执愚昧落后的一面。

此时十多岁的沈霞，已开始大量阅读现代小说，包括父亲茅盾的小说，父亲成了知名的大作家，她为父亲骄傲。不过那时的她更喜欢巴金的小说。甚至还模仿巴金的小说写作文。

好学的沈霞，和父亲茅盾一样，养成了独立思考的习惯，沈霜后来回忆说："姐姐的成绩大多来自于自学，她的学习是开放式的，而且极有主见。①"

沈霜所说姐姐沈霞的"主见"，指的是沈霞的自信，而不是刚愎自用。

而沈霜上了小学，也喜欢看闲书。像《西游记》《水浒传》《封神榜》，现代小说也喜欢巴金的小说以及当时出版的武侠小说。沈霜看不懂爸爸的书，但父亲茅盾不仅不反对儿子看武侠小说，还经常给儿子买通俗的社科类书籍。

沈霜晚年说："记得有一本美国房龙著的《人类故事》，这是一本故事性趣味性都很强的世界史著作，我看得入了迷。父亲发现后又悄悄地买了一本同一作者著的关于世界地理知识的书——《我们的世界》，我同样读得津津有味。"②

十、沈霞上中学了

沈霞小学毕业时，茅盾想听听女儿的意见，去哪个中学继续她的学业。

茅盾问："亚男，你觉得去哪所中学好啊？"

"爸爸，你认为哪所中学好呢？"沈霞侧着头反问起茅盾来了。

————————

① 韦韬、陈小曼：《我的父亲茅盾》，辽宁人民出版社2004年2月版，第207页。

② 同①。

"中学嘛，现在也只有立达学园是全上海最好的啦。"茅盾说。

"那好啊，我就去考立达学园，爸爸你赞成吗？"

"我当然赞成，不过你要知道这所中学的校风很严，课程也是很紧的。"茅盾见女儿如此自信，在赞许的同时不忘提醒。

当时位于上海江湾的立达学园，是一所著名的私立中学，以功课紧、校风严著称，学生全部住校。沈霞主动要求考这样的学校，让茅盾夫妇感到十分欣慰。

1933 年，沈霞报考立达学园。凭借天赋和勤奋，她最终以高分考进了这所著名的中学，开始了她的中学生涯。

之后，沈霞先后在上海读过大同大学附中、培明女子中学、大夏大学附中等中学，一直到全面抗战爆发。

20 世纪 30 年代前期，即抗战爆发前，是茅盾的创作丰收期，也是他创作的黄金期。小说、散文源源而来，精品佳作更是不断；这一时期也是茅盾生活比较安定的时期，平时基本在家中写作，偶尔有空闲也和女儿、儿子说说话。

1934 年秋天，茅盾回到乌镇老家，见后院的三间平房已不做仓库，便画了张图纸，请乌镇的纸店老伙计黄妙祥帮忙进行翻修，改造成富有东洋风味的小洋房，让母亲回乌镇时有个更舒适的住处。当时夫人、女儿、儿子听后都举双手赞成，认为造个小洋房，可以让奶奶回乌镇时好好休息。

茅盾平日经常回乌镇小住几天，重温一下故乡的风土人情，此时久居大都市的茅盾才仿佛透了口气，十分惬意。那时，茅盾每次一回到乌镇，便给在上海的女儿沈霞写信，希望女儿有机会也要走出上海这个大都市，看看其他地方的风景。

父亲的叮咛，沈霞十分在意。有一次，学校组织去杭州游西湖，沈霞报名了。

期待多时的去杭州游览的日子终于来了，充满青春活力的沈霞一大早就赶到学校，和同学们一起登上去杭州的火车。到达后，虽累了一天却心情十分舒畅，湖光山色、断桥、白堤、苏堤、孤山、西泠印社，每到一处，沈霞和同学们都玩得十分高兴。沈霞站在保俶山上眺望西湖，远处白练似的钱塘江，逶迤而来；西湖东南的城隍山，南边的玉皇山，西边层嶂叠翠的南高峰、北高峰扑进眼帘，满眼翠绿；而山下明镜似的西湖连同湖中的三潭印月，恰到好处地浮在水面上。

阵阵春风吹来，沈霞心旷神怡，大自然的造化，让如花季节的沈霞真真切切地感受到大自然鬼斧神工的美。

两天后，沈霞随老师、同学回到上海，但她的心仍然沉浸在美丽的西湖春光里。风光秀丽的西湖成为沈霞亲近大自然的第一站，后来，沈霞还专门写了一篇作文，记叙这次杭州的春游。

我们来看看沈霞这次的春游作文。

春假期中的我

由于爸爸的来信有这样一句话，"霞儿，在春假中应该去旅行，和大自然接触接触，不要尽闷在家中！"我便有机会参加了本校旅行杭州的团体，去和有名的西湖见了见面。

四月的早晨，小雀儿们才离了巢，我已提了我旅行用的小皮箱赶到校中了，时候还早得很，同学们都还没有到，只有几个预备到市中心去的小学生却已在跳跳蹦蹦的玩了，我呆立在校舍门口，受到晨风的吹拂想着未来几日的生活。

八时许，同学们，哦，该称是旅伴们了，都来了，像搬家时的家具一样，我们被紧紧的塞在一辆团体客车中出发了，车子很快地驶着，把我们颠得坐立不定，旅伴张竟因此呕吐起来，但是，我们终于到达了目的地——北站。

火车是慢车更加了脱班，直到下午五时才到我们渴望着的杭州，不用说我们已是等得心焦极了。临时居住所是在一个市立小学中，这一天（四号）当然是不能再玩了，我很早的便睡了，预备养足些力气以便第二天的畅玩！

第二天起我便正如爸所说的开始"和大自然接触"，高大的山，宽阔的湖，更有秀美的花草，清澄的山泉，这些都令我神往都使我留恋！尤其是在第四日，约了七个同学雇了艘小艇自由自在地在湖心漂荡，暖和的春日，醉人的春风，吹起口琴，扬起歌声，看着太阳慢慢的落入山边，我觉得我们是快乐的是幸福的！

可是乐时是不长的，任我们怎样的留恋怎样的不舍，我们终于只能带着一颗不满足的心勉强的上了归途。车轮缓缓的转动了，望着一排排向后倒退的房屋，重重隐没在树林中的高山，我不自禁的口中哼起周女士为我们改编的歌《再会吧杭州》来了！

车带着我们离开那美丽可爱的杭州了，我真有点不舍呀！

回到上海，离开学的时间还有二天，这短短的两天不用说过来是很快的，不是吗？单和妈讲讲旅行的玩劲儿也就够了，何况还加上了整理功课的时间呢？春假，一个令人兴奋的春假是驰去了，回想起来还犹如昨日哩！其实已过一星期了呀！

末了，还要添上一笔告诉大家：我还抽空写了一封报告接触大自然的经过的信给远在外乡的爸爸哩![1]

沈霞的这篇作文，记叙生动，颇有文学色彩，让人读后感受

---

[1] 据沈霞作文手稿。韦韬先生提供。

到沈霞接触大自然的兴奋和喜悦。

沈霞初中在立达学园读了两年之后，觉得立达学园的生活、学习太刻板，没有自由，便向父亲茅盾提出转学的要求。

茅盾尊重女儿的意见，同意她转学大同大学附中。

沈霞从大同大学附中毕业后，本来可以继续念高中，不料，大同大学附中的一个同学竭力怂恿沈霞换个学校。

那个同学对沈霞说："培明女子中学不错，应该去那里念高中。"

"是吗？学风怎么样？"沈霞一向注重好校风好学风。

"不错的，学校里聘用了不少年轻教师，思想开明不守旧。刘英舜代校长是暨南大学教育系的高才生，老师中有张才异老师、陈家麟老师等等，都是年轻而有学问的人。所以，学习的风气很浓厚。"

沈霞听从了同学建议，告诉茅盾夫妇想上培明女中，疼爱女儿的茅盾同意了。

十一、培明女中

培明女子中学创办于 1925 年，坐落在今上海新闸路 1607 号。1936 年春天，沈霞初中毕业后考取了培明女子中学。

培明女中的生活，让沈霞有了新鲜感。沈霞有了新的朋友，青春少女的共同心理，让她们经常喁喁私语。女孩子们还一起散步，一起打球，一起探讨人生。

沈霞是个自尊心很强的姑娘，有一次，老师批改她的作文，在文中"废物"二字边上画了一竖，但在文后写了不俗的评语。沈霞拿到后猛一看不理解，心中产生了紧张情绪。

沈霞以为老师意在指出自己作文中"废物"一词用得不对，便在作文后面对"废物"二字做了注解，说："'废物'这两个字实在也是用得不大对，我的意思，是指一切过去的现在已不需要的事物，即不为新时代需要的一切。"然后将作文交给老师。

其实，老师的意思并不是批评沈霞用"废物"这个词用得不妥，而是发现"废"字写错了，所以在"废物"两字边上做个记号，提醒沈霞。

当老师看到沈霞对"废物"两字做的注解，知道沈霞误会了自己的提醒，于是认真的老师又在这篇作文边上写了："我何尝说你'废物'用得不对。你的'废'字写错了，所以在'废'字旁加符号，要你重写一个对的我看看。"老师写完后，又交还给了沈霞。

沈霞与老师的交流，让我们看到沈霞少女的敏感心理和老师认真教学的态度。当我们今天看到当年的作文本上的这种师生互动记录，想象着当年师生交流的情形，不禁感慨万千。

在培明女中短短半年时间里，沈霞各门功课都十分优秀，尤其是她的文学天赋，更为当时培明女中的国文老师激赏。在现存的沈霞 1936 年上半年写的作文里，几乎每篇都得到老师好评。其中有一篇题为《学以致用》的作文更是得到老师"锦心绣口，咳吐成珠，是有目共赏之文"的好评，作文是这样写的：

现在的小孩，到了一定的年岁，他的父母长辈总要把他送入学校，而且在每一个小孩受完初部（步）的教育后，父母又送他入较高的学校去，这些步序（骤），大约是一般人都知道的，不过为什么要进学校？那父母的目的便不是一例（律）的了，有的父母说："小孩子在家大吵，送他入校关关脚。"有的说："将来要使这小孩能在社会上站足，必先使他有相当的学识。"有的又说："去得张文凭有了资格，将来找事便当些。"还有一般商人父母却也有他们的说法，说是"学识几个字将来可以在家管账"。我们不管他求学的目的在什么，但要想得些学识，切实的学识，那是一样的。

在以前的时代中，也很有些懂得作文章吟诗的雅士，他们懂得怎样把他们的笔来写讥讽文，怎样使自己的文章高雅出俗，但是不知道怎样利用他们的学问使国家强起来。（当然我不能断然说古时没有一个学士有些真的切实的学术，因为从历史知道那也是有的，不过少罢了！）他们只能使国内其余的人民加重了负担，不能使别的人民得到些利益，这种雅士实在是多余的。在我们现在的中国，虽然那些完全只讲风雅的人是差不多没有了，但只把求学作为装饰的人却多着，例如现在的一般大学生，身上穿（着）很漂亮，口里也会说几句洋话，样子很好，但是当你要他真的去干些难点的事，他便不会了。他能背出一串你所难记的名字，他也能东拉西凑的作一篇很长的文章，但是他不会应用他所学的来创造一种利民的物品，这些是所谓学而无用，他学是学的，不过他不能用。至于外国便不然了，他们一面从书本子上学一面又实地去学，等到他们书本子上的学完他们也就能应用所学得的发扬出来，造成种种机器给人民用，著出书来给别人看，或者用他们的智力为社会为人民服务，使他们的国家成为一个强国。

现在的中国，没有良好机器供人民用来增加出产，也没有好的著作给人民看，更没有优秀的人才为社会为人民服务，所以我们中国不能像别的强国一样的强盛，这是什么缘故呢？可以说根本的原因在中国的学者不能"学以致用"！我们是青年，国家盛衰的责任全在我们的肩上，我们要使我们的祖国强起来，现在我们应学而有用，那么怎样才能学而有用呢？就是我们不要摆"我们是学生"的架子，我们要切实的学，不要尽学些无用的表面，去实地的去学罢！青年们，我们要"学以致用"！①

沈霞的这篇作文，老练，有深度，体现出爱家爱国的深厚情怀，让我们不禁想起她的父亲茅盾小学时代写的作文，父女都是文学天才，同时还都有忧国忧民的思想。

十二、儿子开会去了

1936 年，已经 40 岁的茅盾对女儿、儿子有了更多的关爱，尤其对女儿显露出来的文学才华十分欣赏，常常给予女儿在此方面的鼓励。

当时儿子沈霜 13 岁，就读于曹家渡的时代小学，由于受家庭革命、进步、开明氛围的影响，"五卅"运动十一周年纪念日时，他去参加了救国会组织的爱国游行运动。

欣喜的茅盾立刻将这件事写成一篇小说——《儿子开会去了》，十天后，小说发表在 6 月 10 日《光明》第一卷一号上。对此，茅盾

---

① 据沈霞作文手稿。韦韬先生提供。

在回忆录中的回忆，很有意思：

　　《儿子开会去了》写于1936年6月，发表在《光明》一卷一号上。这篇小说严格地说是一篇特写，因为它记述了一件真实的事情。小说中的儿子就是我的儿子，他那时是小学六年级的学生。学校(叫"时代小学")在曹家渡，离我们住的信义村不远。曹家渡当时属于沪西的工业区，学生们多半是工人子弟．他们念书都比较晚，所以岁数也大一些。他们念完小学一般就不再升学，因为已经到了可以去当学徒的年龄，而且即使想升学也嫌学费太贵，读不起。时代小学的校长就想出了在小学里附设一个初中班的办法，学费从低，既能满足一些工人子弟升学的渴望，他又能多一笔进项。至于教学质量如何，他并不重视。不过在当时的上海底层，在不起眼的私立学校中，常常埋藏着真金——播火者。时代小学的初中班只有十几个学生，班主任姓刘，他也兼教六年级的国文，这位刘先生就是一个播火者。在他的熏陶下，七八个学生思想上得到了启蒙，他们经常聚集在老师窄小的宿舍内，读书，讨论，或者引吭高歌。六年级的小学生一般进不了他们这个圈子，因为初中班都是十六七岁的小伙子，他们看不起六年级那些只知道玩耍的孩子。但是我的儿子却因一次偶然事件而成了例外。我的儿子喜欢看小说，除了《七侠五义》，也看巴金的《雾》《雨》《电》。有一个中学生发现了，便和我的儿子聊天，渐渐地熟悉了，有一次我的儿子看见这位同学正在看一本《子夜》，就带点骄傲地说："这是我爸爸写的。"那位大同学吃惊了，就追问。我这儿子又加了一句："茅盾就是我爸爸。"第二天，这位同学把我的儿子第一次领进了刘老师的单人宿舍，刘老师拿出一本《子夜》问我儿子："这本书是你父亲写的?"儿子点了点头。刘老师又问:"你父亲不是教书的吗?"因为在学生登记册上我填的职业是教员。儿子有点发慌了,但仍坚持道:"我爸爸是写书的。"放学回家,儿子把这件事告诉了我。德沚大为着急,一边责备儿子乱说,一边就主张赶快换学校。我说:"不至于那么严重吧,既然他们都读《子夜》,可见是正派人。"但是我仍叮嘱儿子,快去改过来,就说是弄错了,是自己瞎说的。儿子虽有难色,第二天还是拉了那位大同学找刘老师去"更正",但是,孩子的说谎是容易看出来的,刘老师没有再追问。不过,从此,我的儿子也可以自由进出刘老师的宿舍了。

家庭环境对孩子们大概有着巨大的潜移默化的影响。我和德沚从来不当着孩子的面谈论政治问题,可是孩子们不但知道共产党是好的,蒋介石是坏的,而且还会唱《国际歌》!为此我们不得不警告孩子们在学校中说话要小心。女儿年长两岁,显得成熟多了,在学校中算个进步分子。儿子却还懵懵懂懂,是个贪玩的孩子。不过,自从挤进了初中生这个圈子之后,在孩子堆里居然也算是个懂点大道理的了。

1936年5月30日,儿子和那几个初中生在刘老师的带领下,参加了上海文化界救国会组织的纪念"五卅"运动十一周年的示威游行。《儿子开会去了》就是记载这件事的经过。当时德沚十分担心。因为自从大革命失败以后上海还没有过这样规模和这样内容的示威游行,而国民党很可能采取镇压手段,但她终于让儿子去了,这不仅仅因为儿子发了犟性,她对我说:"也应该让阿霜去见见世面长长见识,虽然他还太小。"

《儿子开会去了》没有去叙述儿子参加游行的过程,而是着重描写了父母的心情。小说的寓意很简单:老一代曾在五四运动的感召下经历了革命的暴风雨；现在年轻的一代又在新的感召下冲向街头了！这就是中国革命的接力赛。我在小说中写道："恐怕要到阿向的儿子做了小学生，这才群众大会之类是没有危险的。中国革命是长期的艰苦的斗争！"[①]

其实，儿子去"开会"时，茅盾刚刚写完小说《大鼻子的故事》，还沉浸在对儿童心理的探索之中；而儿子去"开会"并参加游行，让茅盾这个做父亲的觉得孩子长大了，独立了。当然儿子沈霜的行动却让母亲孔德沚担心了一整天，因为她深知革命的复杂性和艰难性。后来儿子沈霜平安回家了，孔德沚悬着的心才放下了。

十三、才华横溢的父女

茅盾少年时代，即显露出很高的文学天赋，他从小饱读诗书，人又聪明，所以，在乌镇读小学时作文本上常得到老师的好评。那时老师的鼓励，曾让他激动过，也曾让他以著一伟大小说而自我期许，以致用功到身体虚弱而出现过梦游情况！

作为父亲的茅盾希望自己的作文本能找到，给女儿看看。茅盾小学时代写过的作文本，一直保存在乌镇家中，只不过 1936 年时，茅盾不知道它们放在家中哪里。

十年后，1946 年，茅盾夫人孔德沚回乌镇去处理茅盾母亲去世后存放在旧居里的书籍时，发现了两册茅盾小时候的作文本，但镇上的熟人听说后想看，于是孔德沚将它们又留在了乌镇。

---

① 茅盾：《我走过的道路》（中），人民文学出版社 1984 年 5 月版，第 349—351 页。

回到上海后，夫人专门把找到作文本的事说给茅盾听，但茅盾也只能是听听。

新中国成立后，茅盾被任命为中华人民共和国的文化部部长，他无暇顾及自己小时候的两册作文本。但到了晚年，他却惦记起那两册作文本，常常念叨着，"要是能找到就好了，要是能找到就好了"。后来那两册作文本真的找到了，然而此时的茅盾，却已驾鹤西去。

少年时代的茅盾才华显露，显示了强大的文学天分，而每篇作文老师的点评，显示了小学老师的超高伯乐水平。

这里，我们各选一篇茅盾父女俩的作文，放在一起和大家共赏。

悲秋

沈德鸿（茅盾）

紫燕去，鸿燕来，寒蝉互噪，秋虫凄切，衰草遍野，木叶尽脱。悲夫！何秋声秋色之伤怀欤？忆夫！艳李红桃，芳草绿荫，春光明媚，藻丽可爱之际，忽焉秋风萧萧、荔丹蕉黄。曾几何时，万物肃杀之秋至矣。呜呼！人孰无情，谁能遣此！而况万里长征，远客他乡，又何能禁秋风雨之感其怀抱（眉批：语可动人）。伤矣哉！秋之为秋也。夫秋，天地肃杀之气也。故国家行刑，而草木残凋，雷始收声，阳气日衰，天道循变，人亦何悲乎秋乎？然万物寂寥，满目凄楚，对此秋日，能不伤怀？虽然，人生过客耳！幻梦耳！有悲于怀者，岂惟秋哉！秋之悲，其小焉者也！

老师批语：注意于悲，言多寄慨。

再会吧！春！

沈霞

夏日的熏风吹走了春，那么一个使人留恋着的春啊！绣球花的白色的花片现着淡黄色了，太阳也不再是人人欢迎的暖日了！看！街道上的行人们吧！轻飘着的淡色的绸衣，饮冰室的牌儿挂出来了，真的春已归去了吗？那可爱的春？

案头上还供着桃花的残枝呢！小鸟也还在唱着春之曲，春，没有使我们玩赏够便要归去吗？是的，日历上已明显的存着"入夏"这两个字，春已归去了！那么枝上的小鸟为什么还唱着春之曲呢？和我同样的留恋着这美丽的春？

拾着飘落在泥地上的不知名的白色残花片儿，我思念着春：去吧！去吧！我虽不能跟随着去，但我却能留在这里预备着欢迎你明年的来临！

再会吧！春！明年再来时可不要忘记多带点春色春意来点缀这将被冬收括尽美丽的世界，更不要忘记带了春乐来充实这群悲苦人们的心胸！

老师批语：无浮词冗语，亦是可贵。

茅盾父女，相隔二十余年，在不同的时代里，一个写秋，写得肃杀无奈和悲壮；一个写春，写得情意缠绵而又充满理想和希望。但无论是悲秋还是咏春，主题都落在一个"人"字，落脚点都是对人的悲悯。

而父女作文本上老师的批语，有异曲同工之妙，老师都是相马高手。

茅盾以小学生身份谈治国平天下的大事，加上读史心得卓然，他的作文，起承转合，洋洋洒洒，主题突出，深得老师赞许；而沈霞高中时，受老师、家庭革命思想引导，能举一反三，加之有文学天赋，耳濡目染其父写作，作文亦写得文笔流畅，她的作文不仅文采斐然，而且内容思想进步。

下面沈霞这篇题为《值得纪念的一件事》的作文，显示了高中生沈霞进步的思想境界。

1月21日上午，我正在家中楼下看着一本有趣的小说，弟弟在旁胡缠着，忽然妈妈在楼上大声喊着："霞儿，来看呀！我们真是幸运呢！"我听了，莫明（名）其妙，为了要明白妈的这句话，我立刻抛了我手中的书，跑上楼了。

妈拿着一张《立报》，很起劲地看着，我等不及她递给我，便伸手抢了来，几个很大的铅字"阿比西尼亚影片被毁"立刻映入我的眼帘。我接着往下看，原来意兵在上海大戏院开映第三场《阿比西尼亚》的时候暴动起来，不但打伤了技师，毁坏了影片，同时亦伤了好些观众。妈在旁反复说着："幸而我们昨天没有去，不然……"妈的话并没有被我听进去，我的脑中只是充满了"意兵……毁坏……受伤……"等字眼，我呆呆走到床前躺了下去，想着想着。

上海大戏院地址是在中国的大都会上海的一隅，《阿比西尼亚》这片子亦是中国的中央电影检查会检查通过的，这样说来当然在中国的境界内放映是绝对自由的了。但是，事实不然，意国的兵，一个外邦的兵居然可以来毁坏，而且居然中国警察不敢追捕闹事的。政府也不光明正大地向意政府提出要求惩罚那些意兵，在我想来实在太忍声吞气了。上海是中国的地方，《阿比西尼亚》是中央通过的片子，现在意兵竟不顾一切地毁坏，单毁坏还不够居然还打伤了中国的人民，这等于侮辱我们中国，看轻中国，看我们中国是一个没用弱国，如果我国是一个和英美一样的强国，他哪里还敢不声明一声便暗暗的布置好了在别国的境内毁那国政府所准映的片子呢？虽然不是明显的"打败仗""被革（割）地"等的耻辱，但也是一个耻辱，这耻辱的成因是因为我政府没有完全的主权！那么，我们就甘心受这种耻辱了吗？我相信每个人的回答一定都是个"不！"居（既）然如此，让我们永久记着这件事吧！让我们把这件事看成一个警语，永远的记着直到那一天——我们恢复了主权不再受辱的那一天——因为这并不是一件平凡的事啊！

老师批语：理直气壮，大有怒发冲冠之势。民气如此，何患强梁。

沈霞的这篇作文，让我们想到其父亲茅盾小时候作文中写的"大丈夫当以天下为己任"的豪迈和志气。

茅盾少年时代写过一篇《试论富国强兵之道》的作文，最后用"大丈夫当以天下为己任"作结语。当时主持作文比赛的表叔卢鉴泉在其作文后面写评语道："十二岁小儿，能作此语，莫谓祖国无人也。"

而女儿沈霞的作文中，老师写下"理直气壮，大有怒发冲冠之势。民气如此，何患强梁"的评语，父女作文中的抱负、理想何其相似！

茅盾与女儿沈霞，忧国忧民的爱国情怀，在作文中尽情体现，爱国之情也如出一辙。

茅盾父女，以天下为己任从小成了人生共同的目标，他们爱国忧民的情怀，让我们感到作为中国人的一种浩然正气！

十四、作文高手

　　说来十分有趣，茅盾和沈霞父女俩存世的作文本，竟各是两册！两册作文中时代特征十分明显：茅盾小学时代作文中，史论、策论等占大多数，凸显了那个时期学校的风气；而沈霞的作文中，记叙文占大多数，彰显的是实用文体。

　　沈霞作文的基本特色都是从很小的事情入手，素材从生活中来，通过作文中的故事来抒发其爱国忧民的情怀。下面我们选取几篇沈霞写于 1936 年上半年的作文，从中可以看出沈霞成长的轨迹以及思想的变化。

回想昨天

　　昨天，是一般守旧的老百姓一年中开始的第一天——元旦——我给户外小孩们的爆竹声所惊醒了，张开眼向桌上一望，那小钟的短针刚好正正的指着十一时，我赶忙披着衣跳下床来，妈妈已在楼下招待客人了！

　　我家是没有真正所谓过年的礼节的，爸爸说现在是行阳历了，阴历的年夜不必管它，可是妈呢？她说亲戚们都过阴历年，他们和她们总是要来送礼和拜年的，我们也总要招待回送，那么爽性也过过适应一下罢！我和弟弟是没有意见，本来我家的过年就只是吃、玩，没有什么特别的礼节，那么多过一个年夜，多玩一下会说不好吗？在这讨论的结果下，我们一家又过了一个年。

　　因为除夕出去玩睡得太迟了，以致元旦的早上起不来身，校内也没有去，天是下着小雨，飘得屋外的马路上也都湿湿的，弟弟又生病了，大约是因为除夕吃得太多而又到外面吹了风的缘故吧！妈心烦得很，爸一早出去拜年了，虽来了几个客人，但只坐了一会儿，也就走了，剩下的屋中，暗沉沉的，闷人的空气，我也因少睡了精神不好，满身的不得劲，懒懒的就只打着呵欠，收音机也不许开，弟弟睡着呢！一个元旦的白日在别人该是觉得生动有趣高兴，可是在我却觉得比平时更要来得不爽，无趣，死呆！这样一个该玩的元旦白昼便在我的打瞌睡中悄悄地溜走了。直到晚七时，我家的屋里才重新热闹起来，原因是来了几个小朋友，弟弟的病也好些了，妈准许我们大声的说话和玩，我们四个把弟弟的花炮都搬了出来，一个个的全都放了，邻家的小孩在花炮的花焰中欢喜得发跳，我的瞌睡也逃跑了，怪有劲的陪她们（他们）玩了一个晚上，直到十一时才把她们（他们）这些吵客［妈这样称呼她们（他们）］送走了。我记了日记也就睡了。

依阴历来说新年是来了，那么，一切的新生力，新气象也已跟着这大众所欢呼的新年来了吗？不，除了大街上加了几家被封条所封闭起来的小店，小孩们有钱的大人们穿上新衣，仆人们得到了价钱外，还有些什么别的"新"的呢？我想，这"新"没有表现在一切表面上，这"新"是新在各人的脑中各人的心上的，那么，如果是这样，让我们把这些"新"表现出来吧！从今后我们要努力地把这些新的发扬出来，把我们世界上这一切旧的废物改造成可赞美的新物质！

老师批语：说理叙事，都能头头是道，令人见到学有根底。

沈霞的这篇作文内容非常有意思。1930 年底南京国民政府曾颁布一道废除春节的命令，规定公历 12 月 31 日为除夕，1 月 1 日为新年正月开始，1 月 15 日为元宵节，并强行推行。但民间的春节岂是一道政府命令所能取消的，老百姓不认这个命令，仍视旧历年为春节。但是旧历新历让老百姓有些无所适从，正如沈霞在作文里所说："爸爸说通行阳历了，阴历可以不必去管它，而妈妈说亲戚走动总是在阴历年的，所以也应过阴历年。"沈霞的这篇作文不仅写出了当时的历史背景，而且它的侧重点是在说新与旧。

这篇《回想昨天》的作文，全篇主题突出，文章立意小中见大，内在逻辑性很强，文字娓娓道来，把一个少女的心理状态和价值判断，写得"头头是道"，所以连老师都觉得沈霞的文学功底不同一般，前半部分的叙事和后半部分的说理，都显得从容不迫。其实，这类叙事记人的作文，在沈霞的作文中还有不少，其文学性都很强。

下面我们再看两篇沈霞写的叙事记人作文。

逢

跨上了那双层一路公共汽车，我便一直往上冲，那楼梯的台级似乎太高一点，衣服把我拉住了险些跌交（跤）。刚跨完楼梯的末一级，车便开动了，把我摇得站脚不住，扶着两旁椅子的靠背，我走到一只不远的椅中坐了下去。买了票，定了定神，我抬头向四面望望，斜对面的一排上坐着一个穿着黑色大衣，头发长长的带（戴）着一朵白绒线花的女郎，低着头，我觉得很面熟，似乎是我三年不知音讯的知友莉，我把头侧过去，希望看得更清楚一点，她的头动了，渐渐的转过来，把眼一抬，啊！我几乎欢悦得失声了，那正是我这三年来朝暮不忘的莉呀！等不及她来招呼我，我便一直冲到了她身旁的位子上去，用着我以前惯常招呼她的样子把她用劲的推了一下！她一跳抬起头来。似乎是给吓着了！但是她立刻又微笑了说："原来是你！"她的声音是忧郁的，笑是苦的！

我呆了……

　　我不懂她为什么会变成这样？但是我也不想问，我们只是默然地相对着，各自让猜测回忆占有了自己！她比以前更显得消瘦和苍白了，小嘴紧闭着显得有些冷酷。她用着那双又大又深的眼睛望着我，我从她的眼中看出这三年来她受了极大的刺激；而且那创伤至今还深深地刻在她的心上！

　　我们没有说什么，只是默着默着……

　　车一站一站的过去。离目的地不远了，我猛然想起，我应该知道她现在住在什么地方，以便以后去看她，我问她了，但是她只苦笑的摇着头，这个对我太奇怪了。"你没有家？"我问。她安静地回答："是的，我没有家，我家的人死完了！"她说着望了我一眼，大约我想追问的样子被她看出来了吧！她不待我开口问便又接下去说："不要奇怪！我现在是暂居一个我不愿认识但却有钱的人的家里，你不要来看我，白天在那里找不到我的，而且我亦不愿让你知道我现在是怎样活着，答应我，不来看我，我不要你因我的事而感到烦恼！"我不能出声了惘然的点着头，我知道我再问会把她引得伤心的！我们又沉默了！她把头低下去埋在双手中。

　　车轧轧的开着快进静安寺大站了，她把头抬了起来，叹了一口气，眼眶湿湿的，把头发拢了拢，站起身来，似乎是预备下车的样子。我失望得很，因为这一幕重逢似乎不是理想中的欢悦的重逢。她也知道我的心思，装了个笑脸给人看，低声文静地说："我现在很好，吃、穿、住都不成问题。悲哀，这是我的老病，不要为我不快；你很幸福，你的前途是光明的，不要为了我也悲伤糟了自己，我是快死的人了，医生说我至多再活两年，今日巧得很，居然会碰到你。以后我希望我们还有机会能见到，现在我去了，今日我给你印象一定不好，但这也不能怪我，自从成死后我就没有一日快活的日子，以致弄成今日这个怪样子。再见吧！我希望你忘了我这个不幸的人！"车停了，她摇摇的飘着她的黑色的大衣下了车，穿到对面的人行道上，隐没在人丛中了！

我呆着，脑中深印着她那苍白的脸，长的发，坚决忍苦的嘴和幽静的声音，不，悲痛的声音，眼前晃着她那件黑色的大衣！

车中的乘客不知何时走了许多，只剩两三个在那里看报，发呆！车前进着，一站一站，我呆想着，呆想着今日的这一幕重逢的悲剧。

老师批语：妙在重逢时，依旧是哑谜。

马路上一瞥

饭后空闲着没有事做，和芳忽然想了到马路上去蹓跶蹓跶，一面可以消去些无聊同时也可以借此运动一下。说着我俩走出了校门。

冷风，不，应该说是春风了，带着寒意迎面扑来，稍微有点冷，我把手挽住了芳，身子更靠近了些。对街的小店里的伙计正在吃饭，柜上冷静静的，也没有主顾。剩着那一个不知谁忘记收下的一个铜子躺在柜台上发呆。三三两两的学生踏着杂乱的脚步匆忙地正赶着回家去吃午饭。1937 年式的自备汽车在这里是罕见的偶而（尔）驶过一辆，便引得行人们和店员们都呆着脸睁大了眼望着。的确，这里并不是顶热闹的地方，这里的路上也只有一些平庸的住房、小店，连来往的人也只是学生、工人和中等阶级的市民，我们漫步着经过一些似乎是无人居住的住屋，横过一条条的狭窄马路，没有电车没有公共汽车亦没有都会的点缀品——摩登小姐少奶奶们！

从人家墙上，桃花露出半边脸偷窥着我们这两个行人，可怜它也已给这冷的春风摧残得七零八落了。"小姐，做做好事给个铜板"，不知何时我们身边来了个小乞丐，张着他那只小手，用着求乞的眼光望着我们。芳向我望望，我亦没有铜子带在身边，摇摇头，小乞丐看看我们不响，跟了一会儿亦就走了！我们默然的手挽着手向着那静的长路一端走去。

人力车夫拉着空车，徘徊在路旁兜揽生意，我们重重的踏着脚步，让脚步声传入每个行人的耳膜中！

很快地，我们又转回到原来的地方来了，我和芳各人沉在各自的思想中，不愿开口似的，仍旧默然地跨进了校门。

老师批语：写来如绘，文中有画，阅者亦几疑置身其中矣。

沈霞的叙事记人作文，不仅文学性很强，故事情节设计新颖，而且还有一种进步思想在里面，这一点，和其父亲茅盾小时候写的作文情形十分相似。沈霞从小爱学习，高中时又已经阅读了大量进步现代小说。她善于观察，善于从生活中提炼主题，像前面一篇题为《逢》的作品，是沈霞一个晚上写出来的。后来在延安时，她还在日记中写道："我记得写那篇文章的目的是想写出这个社会对于一个无依靠少女的压迫，使她不能生存，丧失了生活的兴趣、勇气，改变了年轻时的伟大理想而成为一个对现实生活悲观失望的颓废者。但写的大约是失败了的，那时自己是爱好巴金的作品的，因此在这篇文章中，也摹仿了巴金的描写那些弱柔女子的手法，描写了使人看了觉得阴沉（这是别人告诉我的）。"

沈霞虽不是富家女，但在那时他们家庭生活状况也属中产阶级，然而她有一颗善良之心，同情底层人民，从青少年时代起就具备了强烈的社会责任心，也拥有一支作文生花妙笔。

沈霞在培明女中念了半年高中之后，觉得女中的同学间成天关注身边琐事，缺乏进取精神，于是回家又向父亲提出转学的要求。

向来在家民主，尊重孩子意见的茅盾同样同意了。1936年下半年，沈霞转学到男女同校的大夏大学附中的高中部，开始了她新的高中生活。

十五、鲁迅去世

大夏大学是20世纪30年代上海的一所民营大学，它是华东师大前身之一，创办于1924年，是在"厦大学潮"中从厦门大学脱离出来的部分师生在上海发起建立的一所综合性私立大学。

沈霞进大夏大学附中读高中时，校长是王伯群。它所附属的高中部，是一个类似实习基地一样的学校。学校的师资力量雄厚，学风严肃，学生充满朝气，所以尽管培明女中的老师对沈霞各方面评价很高，对沈霞爱护有加，但大夏大学附中高中部的氛围，深深地吸引着沈霞。

大夏大学附中是男女同校，不像培明女中，仅招收女生。在大厦大学附中，沈霞为同学们所敬重，"在那里她才真正感到了学生生活的乐趣"。①

沈霞进大夏大学附中高中部时，校长王伯群刚50岁出头，正

---

① 韦韬、陈小曼：《我的父亲茅盾》，辽宁人民出版社2004年2月版，第207页。

值壮年，精力旺盛，经验丰富，是一位长期从事革命和国务活动的社会活动家、经济学家和教育家。1951年，大夏大学、光华大学合并成华东师范大学，这是后话。

大夏大学附中高中部，充满着正能量的朝气和活力，民主之风十分浓厚，而沈霞天性活泼，才华横溢，很快就融入学校进步学生组织中。据沈霜回忆说：

> 姐姐和同班的、高年级的七八个同学结成一个小团体，依年龄的大小互称姐妹兄弟，以研读文学作品，议论国家大事和集体游乐为活动内容。他们都有进步的追求和爱国的热忱。姐姐在我们这个革命家庭中，自幼即潜移默化地埋下了革命思想种子，它们在这块滋润的土地上生根发芽了。那时姐姐刚满15周岁，但政治上的成熟却已远过于她的年龄。……
>
> 姐姐思想上的早熟，父亲和母亲都十分欣慰。有一次母亲对父亲说："你整天忙忙碌碌，从来不管孩子的学习，怎么亚男也像你一样政治上开窍得这么早呀，莫非真是遗传因子在起作用？"父亲笑道："人算不如天算，唯物主义者有时也算不过天命呀。"①

1936年下半年，沈霞正在高中部专心致志地学习时，她们一家却遇到了鲁迅先生逝世的大事。

茅盾与鲁迅的关系也很亲密。1927年鲁迅到上海定居之后，

---

① 韦韬、陈小曼：《我的父亲茅盾》，辽宁人民出版社2004年2月版，第207—208页。

与茅盾成了"文学知己"。茅盾非常认可鲁迅的文学创作，是最早给予鲁迅《呐喊》以高度赞誉的批评家。在《鲁迅日记》中，鲁迅与茅盾各种交往的记载多达170余次。

鲁迅先生去世时，茅盾正在乌镇，本来打算在那边休息几天，写一部长篇小说，连题目都有了，叫作《先驱者》，不料由于劳累，痔疮发作，只得卧床休息。

夫人孔德沚一份电报发到乌镇，告诉茅盾：大先生于10月19日早上去世，嘱茅盾立刻返回上海。

躺在床上的茅盾动弹不了，回电报：无法动身，一旦稍好些，会立刻返回上海。

茅盾一家和鲁迅一家感情极深。茅盾虽然未能及时赶回，但夫人孔德沚已赶到鲁迅家里，陪伴鲁迅夫人许广平，协助周家办理丧事。

黄源先生曾回忆说："鲁迅去世时茅盾没有来，他夫人来的。……茅盾夫人主要照顾许广平。"

后来，回上海后的茅盾顾不上休息，赶到鲁迅家里，于11月4日至25日为鲁迅治丧委员会起草了1、2、3号公告。

父亲茅盾和鲁迅先生的感情，女儿沈霞和弟弟沈霜是知道的，沈霞还读过鲁迅先生的作品，《新青年》时代虽然已过去一二十年，但"新青年"式的理想，依然在沈霞这些热血沸腾的高中生以及沈霜这些初中生的思想里重现。

而沈霜当时常常随父母到鲁迅家里玩。鲁迅儿子周海婴那时还小，而沈霜的到来，常常两人玩得很开心。所以，茅盾去鲁迅家时，常常带着儿子沈霜。

1936年下半年，沈霞与七八个志同道合的不同年级的同学，结合成一个小团体，出版了两期小刊物，大家在上面写文章。这个团体从现有资料来分析，似乎没有名称，只是志同道合的临时组织，人员只是因为共同爱好而集结在一起的几个同学。

十六、鼎鑫二哥

1937 年 8 月 13 日，上海发生震惊中外的"八一三"事变，日寇的炮火在上海这个都市里燃烧，大夏大学附中高中部也不得不停课，学生星散，同学之间，有不少毅然决然弃学从军，走上抗日的前线。

其中有一个叫高仰基的广东青年，与沈霞同学，"八一三"事变之后，投身抗日救亡活动，并负责校内外"上海学生界救亡协会"的组织发动工作。后来高仰基去苏北根据地工作，1944 年 8 月牺牲在射阳县凤凰乡。

战争的硝烟，搅动了沈霞他们这些青年学生的爱国抗日热情，在高中部，还有一位被沈霞称为"二哥"的鼎鑫同学，他是位品学兼优的学生。"八一三"事变之后，他毅然决然地弃学从军，走上抗日前线。后来，鼎鑫在上海战场为国捐躯，一个年仅 19 岁的生命，从此永远地消失了！

1938 年 8 月 11 日，沈霞在香港收到同学鼎源的来信，得知鼎鑫在上海牺牲了！

沈霞悲痛不已，想起和鼎鑫二哥在学校中相处时的种种往事，潸然泪下，她为失去一位兄长般体贴关怀的同学而悲痛万分！晚上，沈霞含泪写下了几首悼念鼎鑫的诗。

悼我们英勇的二哥——鼎鑫①

没有比这更令我悲痛的事了，

当这意外的消息传到时，

说是：鼎鑫我们的二哥阵亡了！

虽说有志者应马革裹尸，

为国效劳，

可是你还这么年轻哩！

而且——

失了最好的你，

余下的我们这群无用者将如何呢?！

在以前你是老师般的教导与期望我们，

只是顽皮的我却老惹你生气，

曾说："看你呀什么时候才能严肃坚强！"

如今，我已在战争中坚强严肃起来了，

正想找个机会表现出来——

好叫我们的二哥高兴高兴，

不料——

今日啊！

却说是已阵亡了！

去了，去了，好的都去了，

也许你在九泉下还念着我们吧?！

那我可以大声告诉你：

放心罢！至少我已坚强了！

---

① 据沈霞手稿。韦韬先生提供。

我们要坚强地拾起你丢下的来福枪，

继续你未完成的责务！

放心吧——

在九泉下，

救亡的火炬在我们的手中将永远的燃烧着！

真的，没有比这更令我悲痛的事了，

可是在悲痛中，

我更坚决了！

我知道什么是我的事，

悲痛绝动摇不了我的意志，

我要挺起我的胸膛，

看吧——

踏着你的血迹，

我会走向更前面去！

民廿七年八一三写

沈霞在这首诗的后面，还写了一个附记：

民廿七年八月十一日接鼎源来信，谓二哥已在申阵亡，悲愤交加，回念与我们最后一信正是同日，不想一年后，抗战正紧，以后更需要加紧工作时，消息传来却道已去了！是的，说是去了，虽然也许不是真实的，可是却忍不住心里悲愤提笔书成为一首以吊。附志"八一三"一周年。

沈霞无限悲痛，写下悼诗之后，仍觉得鼎鑫二哥像没有死一样，仍觉得来信的噩耗像假的一样。她不相信兄长般的"二哥"说没有就没有了，她不住地想象着，也不断地否定着。时钟"嘀嗒嘀嗒"地一分钟一分钟地过去，直到午夜十二点，沈霞依旧睡意全无。

后半夜的夜更深沉，沈霞总觉得鼎鑫二哥仍在抗日前线，依然生龙活虎地战斗着。沈霞躺下了，睡又睡不着，问又没处问，只有自己的脑海里翻江倒海地回忆着和鼎鑫二哥的往事。她又从床上起来，忍着悲痛，含着眼泪，写下了三首表达自己思绪的短诗：

我不信

我不信：

你就会这么永远的去了！

哪能有这等不幸的事呢?！

这是同地同姓者吧?！

或竟是

可恶的造谣者的玩笑?！

我不信，

你就会这么永远地去了！

哪能有这等不幸的事呢?！

那消息一定是个玩笑

那消息一定是个玩笑！

想罢，

不然，

为什么我梦中的二哥，

仍是照旧那么生动活跳?

不然，

为什么我从没有那种感觉，

觉得二哥是牺牲了？

哈！

那消息一定是个玩笑！

谁来给我证实吧！

说是二哥死了，

可是谁都不能证实，

说是二哥正好好的斗争着吧，

那不也是句空话吗？

谁来给我证实吧，

到底他是怎么了？

谁来给我证实吧，

到底他是怎么了？

写完这三首诗，沈霞心中那种悲痛、那种泣诉，稍稍有些缓和。在诗后，沈霞又写了个简短的"后记"：

夜深人静，人家都入梦乡了，可是我却被这消息的正确性弄得很疑心，我觉得太不像是真的了，愈想愈疑，为了能安睡，不得不开灯铺纸把心中的思绪写下，这样后，也许可以安睡了吧?!

民廿七年八一三深夜二时

鼎鑫二哥的牺牲，对沈霞是极大的震撼，在沈霞心里，鼎鑫二哥是自己的榜样，是能进入自己梦里的偶像。

鼎鑫二哥的正直、细腻、聪明，与她和同学间的点点滴滴，都让沈霞铭记在记忆里。看着鼎源的来信，沈霞悲痛不已，今天我们也可以从她如诉如泣的悼念诗中感受到当时她内心经历的巨大无比的痛。

至于送信的鼎源是谁，今天我们已无法考证寻觅，他有可能是鼎鑫的胞弟，也可能是鼎鑫的同学。不过，这对今天的我们来说并不重要，重要的是鼎鑫的阵亡给青春少女时代的沈霞留下了深刻的影响，留下了刻骨铭心、奋发向上的影响，因为鼎鑫在她心中就是一个英雄的榜样。

十七、离开上海

1937年上海"八一三"事变后，抗日烽火在神州大地上燃烧。茅盾和他的文友们，奋起抗争，相聚在抗日大旗下，共同撑起硝烟中的抗战文学。

茅盾和巴金、郑振铎、冯雪峰等摩拳擦掌，商量着联合办一个战时刊物，并相约为了支持刊物，都不拿稿酬。很快，一份战时刊物——《呐喊》，在日寇的炮火底下上海诞生了（第三期改为《烽火》）。

茅盾挥笔写下了《呐喊》的创刊词——《站上各自的岗位——〈呐喊〉创刊献词》。他还写下了像"沪战发生"，"四社同人"，"经费皆同仁自筹，编辑写稿，咸尽义务。对于外来投稿，除赠本刊外，概不致酬"这样的"启事"，足见当时四十多岁的茅盾是何等激昂！

不久，战局剧变，上海岌岌可危，随时都有可能沦陷。茅盾与夫人孔德沚商量："妈妈还在乌镇，怎么办？"

"我去接她出来，住在一起，这样，我们放心，要走，立即可以走。"心地善良、快人快语的孔德沚，表示要去乌镇一趟，把婆婆陈爱珠接出来。

第二天，孔德沚就坐戴生昌小火轮回乌镇了。几天后，孔德沚一个人回来了。

她一边洗脸，一边对茅盾说："妈妈不愿来上海。她说年纪大了，逃难也逃不动了，估计乌镇这个小地方，鬼子也不会进去的。"停了停，又说："妈妈还叫我们赶快走，到内地去，上海被占领了，再走可能更麻烦。"

茅盾听后，心里既十分感激母亲，也更担心母亲。

战火燃烧，大夏大学附中高中部放假了，十六七岁的沈霞和十四五岁的沈霜正是念书年纪，却因日本侵略中国而辍学了，这让茅盾颇为头痛：孩子们去哪里上学呢？

沈霞已是高二学生，出落成一个大姑娘了，而沈霜则是大同大学附中的初中生，如果因战争耽误一双儿女的学业，会耽误儿女一辈子，茅盾夫妇看着两个孩子，一筹莫展。

这时，孔德沚在大后方湖南长沙的老朋友陈达人发来电报，欢迎茅盾夫妇将两个孩子送到长沙读书，并说长沙的周南女中和岳云中学都很不错。陈达人的电报和邀请，替茅盾夫妇解决了眼下的难题。

孩子有地方读书了，茅盾夫妇也决定离开上海，免得上海沦陷后走不了。他们开始整理家里东西，一部分送人，一部分由夫人送回乌镇，而茅盾则负责送两个孩子去湖南。

正当茅盾一家忙于整理东西，准备离开上海时，茅盾突然收到一封来自南京的信，拆开一看，原来是几年没有音信的弟媳张琴秋的信。张琴秋化名"凤生"，给兄嫂报告自己的近况。信中说：

茅哥、沚姐：

很久没有和你们见面了，而且很久没有和你们通信了。我心中时常想念你们，时常打听你们的消息，问及你们的近况。但是，始终没有得着你们真实的情形和探得你们的通信地址。今天遇见王君烈文——他是我过去的旧同学，谈到了你们的近况，得着了同你们通信的机会，真使我兴奋万分！据王君说，二月前曾经在沪看见过你们，曾到过你们的家。

我知道你们一定也在问及我，关心我，你们或许已经在报上看到，知道我已被杀死。因为这个消息传得很普遍的。不错，我此次能来南京，确实是死里逃生。我已于今年四月中旬在甘北被马步芳的军队所俘，当时被俘去男女几千人，杀死者过半。被俘后解送青海西宁，易名隐匿，帮人煮饭，有三个月光景。后觅得同乡一名，才把我设法带到西安。抵西安后又由行营押送南京，由中央党部送我们入"反省院"，住了两个星期。最近有周先生把我保出来，才得着了自由，准备明日启程归家。

我最近半年来经过的大概情形是如此。本想到沪上来看你们一次，奈因战争关系交通不便，同时经费亦是艰难，所以只能作罢。日后有机会还是想来看你们！！

母亲在沪抑或在乌？她老人家的身体是否强健？阿双、阿南等都长得很大，一定不认得我了吧?！我很想念他们！

民的消息，想必你们已经知道了吧！可怜他的一生，为解放人类的痛苦而奋斗，历经艰苦，抛弃了私人的利益，日夜工作，积劳成疾，终于辞去我们而长逝了。唉！我没有见他最后一面，实在使我心痛！！

　　以后有机会，我可寄相片给你们。

　　到达家乡后再给你们写信。

　　沪上战况很紧急，你们一定是很受惊吓吧！！

　祝你们

　　近好！

凤生　27号夜于南京

　　茅盾收到张琴秋的信，喜出望外，看了又看。夫人孔德沚看了张琴秋的信，想起小叔子沈泽民的牺牲，又痛哭一场。从张琴秋闪烁其词的信中，茅盾知道张琴秋已经"归家"，回"家乡"，估计是回到延安，回到共产党领导的队伍里了。张琴秋在1931年春与丈夫沈泽民一起离开上海秘密赴鄂豫皖苏区以后，茅盾一直没有她的确切消息。沈泽民在1933年11月20日牺牲后，还是当时鄂豫皖省委宣传部部长成仿吾来上海时告诉茅盾这个消息的。之后，茅盾一家就与沈泽民、张琴秋失去联系，一晃多年，现在突然收到张秋琴的信，百感交集！

　　10月5日，茅盾带着沈霞、沈霜，拎着行李，坐上了行驶于苏嘉铁路上的火车，准备去湖南长沙。

　　苏嘉铁路，在杭嘉湖及沪宁抗战史上，是赫赫有名的一条铁路。苏嘉铁路是当时南京政府为备战而修筑的一条铁路，1936年年初开工，同年7月通车，构成苏、沪、嘉三地间的三角铁路网络，具有军事战略意义。

　　抗战初期，苏嘉铁路发挥了积极的作用。当时日军曾多次对这条战备铁路狂轰滥炸，妄图掐断这条抗战命脉。但中国的铁路员工不畏强暴，不畏牺牲，日夜奋战，随炸随修；而日军攻陷平湖直取嘉兴后，中国铁路员工又亲手炸毁了这条用心血和汗水修筑起来的铁路，粉碎了日军进攻南京走苏嘉铁路捷径的计划。

如今，茅盾带着女儿和儿子从这条苏嘉铁路离开上海，从此踏上了八年抗战的烽火之路，也是从故乡乌镇边上这条驶过的铁路，开始了他们颠沛流离的抗战生涯。

沈霞、沈霜则告别了见证自己童年、少年时代的上海，从此随父母奔波于全国各地，开始了长达八年的流离失所生活。他们辗转长沙、香港、新疆，吃尽逃难之苦，甚至经历了生离死别的人间苦难，备尝艰辛。

而沈霞当时并不清楚，这一走，何时才能返回作为第二个故乡的上海，何时能再回故乡乌镇？但谁又能料到，沈霞随父亲离开上海后，竟是一去不回，她再也没能回到上海，更没能回到乌镇！

火车走走停停，一直到 10 月 6 日上午 9 时光景，才到达镇江。茅盾买好去武汉的统舱船票后，见时间还早，便带了女儿和儿子去看一些镇江名胜古迹，如屹立在长江边的北固山、金山寺等。

在北固山上，茅盾拉着女儿和儿子，站在破旧的北固亭里，眺望滚滚东去的长江，一种沧海桑田的悲壮感，油然而生。

沈霞和沈霜虽然很累，但是第一次到镇江，很觉新鲜，所以依然兴致勃勃。当天晚上，茅盾带着儿女坐船溯江而上，于第二天 10 月 8 日晚上到汉口。

在汉口开明书店同仁的帮助下，他们三人买到了第二天去长沙的火车票。

　　火车毕竟是火车，第二天中午就到达了长沙，陈达人和她的侄女已经在火车站迎接他们了。茅盾及女儿、儿子带了一大堆行李，一副逃难模样，下车后随陈达人坐黄包车去长沙城外的陈达人家里。

中 篇
颠沛流离的日子

十八、求学长沙

到达长沙后，茅盾立刻给女儿沈霞和儿子沈霜联系学校。沈霞一到陈达人家里就认真复习，准备去考周南女中。次日，去了周南女中参加入学考试后，14日就收到周南女中的录取通知；而儿子沈霜不愿复习，径直去岳云中学报名，教务主任问了沈霜几个问题，又让他当场写篇作文，就录取了。

对此，茅盾晚年有一段回忆，讲述一双儿女初到长沙进中学的事：

10月10日中午，我们到达长沙，达人和她的侄女小胖（是她的小名）已在车站等候，我们又乘黄包车来到长沙城外白鹅塘一号达人的家，黄子通穿着一件直贡呢的袍子，迎出房来，看风度，一点不像是在外国吃了七年面包的洋博士。寒暄之后，黄子通就问：你们是坐黄包车来的吧，多少车钱？我说了一个数。他叫道，看，又给他们敲竹杠了。接着他就介绍长沙黄包车的特点：身穿长袍，漫天要价，拉车不跑。的确，我们坐上黄包车后车夫并不跑，而是一步一步地走，而且都穿着长袍，子通说，所以长沙的黄包车除了老年人和带行李的旅客，没有人坐。

我把话引到孩子们上学的问题。达人说，长沙的中学是男女分校，我们已经替你们联系了两个，都是名牌中学，亚男去周南女中，阿桑上岳云中学。小胖对两个学校做了补充介绍。她是燕京大学的学生，"流亡"到长沙，暂时在湖南大学借读，等西南联大迁来长沙后，她再回校。她对长沙各中学的情形比较熟悉。我说，那么明天我们就去报名。达人道：

急什么，休息两天再去吧。我的女儿插嘴道：不是学校已经开学了吗？还是早点去好，免得功课愈脱（拖）愈多。又问：还要考试吗？小胖说：大概要考一下。黄子通说：我们已经托人对学校讲过，所谓考试也是做个样子。小胖说：还是准备一下好，周南是比较认真的。

第二天，女儿要做考试的准备，儿子却不愿准备，就由我陪他去岳云中学。果然很顺利，由教务主任问了阿桑几个问题，再让他写一篇作文，就算录取了。这时却发生了一件意想不到的事引起了一点虚惊。在教务主任已经同意我去办入学手续时，走进来一个剃和尚头的中年男子，他得知我的儿子是新来的学生后，突然指着阿桑的头用浓重的湖南方言说道：这不行！我弄得莫名其妙。他见我不理会，又一叠声道：这不行！这不行！幸亏教务主任插进来解释道：这位是体育教员，他说令郎的头发不合规定，这里的学生一律剃光头。我看了看儿子的满头黑发，也顾不得征求儿子的同意，连忙说：这个好办。我们现在就去理发馆剃掉。那位体育教员一摆手道，不用去理发馆，学校就能剃，现在就剃。说着一转身就出了门，几分钟后领了一个提着白布小包的理发师。于是我的儿子就在那间办公室里剃起头来，而体育教员站在旁边看着。等到剃光头发，他在我儿子光头上拍了一下，说了声："好！"就出门扬长而去。后来听孩子说，这位体育教员是行伍出身，大老粗，是训育主任带来的人，而训育主任照例是省党部派来的。

周南女中不同，认认真真考了亚男一上午，这是在我们到达长沙的第四天。不过亚男的功课向来很好，果然下一天学校就通知录取了。当我带着孩子联系学校的时候，达人为孩子们买了棉胎、缝了被褥。第六天一早，我就把亚男也送进了学校。我嘱咐孩子：每周给妈妈写一封信，星期天到黄先生家里去玩。①

1937年10月，茅盾的女儿沈霞进了周南女中，儿子沈霜进了岳云中学。当时，这两个中学确如陈达人所言，都是长沙非常有名的中学。

岳云中学由湖南炎陵县何炳麟先生于1909年创办，地址在长沙市经武门，1914年2月改为湖南私立岳云中学。

何炳麟先生认为，"欲兴邦国，必兴科学，欲兴科学，必先培育人才"。所以他任校长五十余年，为了筹集办学经费，四处奔走呼吁，求人赞助，省吃俭用，倾家办学。他说："办学敛钱，天诛地灭。"

与此同时，何炳麟先生又提出"勤、恪、忠、毅"的校训，培养学生耐劳、守法、服务、向上之精神。

岳云中学尤其重视体育，1935年湖南省体育会考，岳云中学独占鳌头，可见学校当时对体育重视之一斑。

就在沈霜插班岳云中学前三个月，何炳麟先生在湖南省南岳新设一所农校，名为"湖南私立岳云高级农业职业学校"。后来，因日军不断轰炸长沙，岳云中学1938年迁至南岳农校中。

岳云中学曾出了不少人才，如丁玲、贺绿汀等。现台湾省国民党马英九的父亲马鹤凌于1935年至1940年也曾在岳云中学就读，是岳云中学的体育健将，当然这是题外话。

---

① 茅盾：《我走过的道路》（下），人民文学出版社1988年9月版，第18—19页。

周南女中同样是闻名遐迩的一所名牌中学，创办于1905年，由当地绅士朱剑凡捐资在自家园林——蜕园中兴办。初名"周氏家塾"，后改名周南女学堂，校名取"周礼尽在，南氏流行"之意。徐特立、张唯一、周以粟、陈章甫、吴芳吉、李肖聃、周世钊等先后在这里任教。向警予、蔡畅、杨开慧、劳君展等曾在此学习。

　　另据史料记载，周南女中抗日氛围十分活跃，1937年全面抗战爆发后，一批以周南女中中学生为骨干的战地救护队，从长沙出发奔赴战场，不少女中学生献身疆场，成为抗日战争中的无名英雄。

　　这些背景充分说明，周南女中是一所历史悠久、有着开明进步光荣传统的女校，而且即使在抗战全面爆发的1937年，对教学质量仍然十分重视。

　　茅盾安顿好女儿、儿子的读书之后，牵挂着在上海等消息的夫人孔德沚，于是马上转道杭州、绍兴回上海。

　　沈霞在父母不在身边的日子里，亲眼见到长沙人民的抗日热情，她觉得自己比以前更成熟了。

　　在长沙，一到周末，沈霞、沈霜便回陈达人家里。陈达人一家对沈霞、沈霜姐弟俩十分关心，每次他们回来，总要精心准备一点菜肴，让姐弟俩像在自己家里一样热闹，因此，姐弟俩在长沙的日子过得温馨而飞快，转眼就到学期结束了。

　　此时抗战不但没有停止的迹象，而且种种迹象表明日本侵略中国的野心更大，妄想踏平中国，让中国成为日本的殖民地。

　　同时中国人民的抗战怒火已经燃遍了国内大江南北，中国民众冒着敌人炮火前进的怒号响彻中华大地。

茅盾回上海后不久，又奔波于广州、香港等地，直到 1938 年 1 月 8 日和夫人孔德沚同来长沙，和儿女团聚。

十九、不同于上海的生活

因为茅盾的到来，身在长沙的田汉、孙伏园、王鲁彦、廖沫沙、黄源、常任侠等文艺界朋友还曾专门为他举行欢迎茶话会。

沈霞在长沙的第一个寒假里，因为有父母、弟弟在一起而显得格外幸福。春节过后，父亲离开长沙去武汉，热闹的家里一下子冷寂下来，沈霞的一股创作激情却在心底涌动，她想写作，她想用笔来倾诉。她躲在自己的小房间里，关上门，写下了一篇名为《一个讨厌人》的小说，讲述在上海某中学里碰到的一个令人厌恶的人。

这篇小说以真人真事为素材，写得绘声绘色。隔了两天，2 月 11 日，沈霞又写了一篇题为《客来》的小说，同样写得让人身临其境。紧接着，2 月 12 日，沈霞又写了一篇题为《李先生》的小说，讲述了一个发生在抗战后方长沙的有关世态人情的故事。

下面我们来看看沈霞写的这三篇小说。

一个讨厌人

这还是一年前的事——

第一天我才入校，是新生，便看见他摆着一副阴刁刁似笑非笑的脸在同学间旋转着，灰色的竹布长衫被带得东曳西曳的，头发短短的堆在那不喜人的脑袋上，小眼，两只手虽然是在这8月的热天还不时的相袖起来。看他和同学们说话，不时地弯着腰，口中"是，是"的应着，我心中想"嘿，十足的一个绍兴师爷"，看得有点想呕，转念，我又不要请教他，不看，不交谈也就罢了！我回转身和之前的老同学丹说说闲话等打上课钟。

可是，却偏偏有事，看他一摇一曳地竟摇到我这边来了，我想糟哩！"对不起，有扰了！"他脸上装着一股假笑说着一口难懂的南通话，我因为是新生以少得罪人为妙，也没敢不理就站起身来说："没关系！"心中却奇怪着他将说出些什么来，那张师爷样的嘴："尊姓沈？很好，很好，大名霞？是，是，敝姓土，是这班中的文艺股长——其实没有什么，瞎弄弄的，嘿嘿……不过，最近筹划出丁级刊，听说沈小姐文艺方面很来得，以后请多多指教，帮忙——其实这个刊物很低级，很低级，嘿嘿，就是我和几个兄弟胡凑的，沈小姐莫见笑，嘿……"一连串的话从那张嘴中滚出来，也没等到我的回答，直泻了下去，最后用那阴沉沉的假笑声收了尾，身子弯了弯："对不起，失待了，一切请沈小姐帮帮忙！"走了。我嘘了一口气，什么用意？哪里去瞎听来的我会文艺？听说这儿有党派的，是来拉伙的吗？且不管他罢了！

上完了四堂课回到房中看见桌上放着一封不知什么时候来的信，中式信封，粗壮的笔迹，什么鬼东西呀？想着抽出来一看哩，有趣，还是一张聘请书哩！上面无非是"聆台甫多才多艺……特聘为特约撰稿者"等等，下面却是一大串名衔——"全校常务理事兼三九班副班长兼三九班文艺股长兼国乐研究会会员兼……"再下面是个挺有劲的签名式：土且怀，另加上两颗印，一大一小，哈！有趣！下面还有一张哩！哦，是一张表，列着好几个同班生的名字，女同学也有着两个，在上面一行小的红钢笔字注着"每逢十五号一号下午七时取稿"。而同学们的名下，也都签了个知字，没奈何，我也就签了个。心中却想：不交卷，你再写得仔细些也没用！再翻翻看却没有地名，这东西该送还至何处？——好在等会还得去上课，带到课堂中再说罢！

课堂上却意外的没碰见那个师爷，只好把那张纸又带回来，去问问那两个有名字在上面的女同学罢！也不妙，算了，等着瞧罢！怪讨厌的！

晚饭得上校外的饭店去吃，三个人同去，倒又碰见了，见了鬼，怎么又是在一个饭店中?!还是走罢！他却已看见，摇呀摇的很快的过来，点着头："嘿！好极了，沈小姐亦在这儿用餐!"手里拿着一大卷纸头轻轻地挥着，似乎得意得很，我可不想理他，"沈小姐今儿……"看他那个样不像一时能说得完的，我满肚子不耐烦。"溜了罢!"应了个是，滑脚便走，把他一人扔在后面。——远远地看见他又在对另一个女同学弯腰了！

饭罢一行人出饭店，到钱柜上付饭票，付完了要走，老板却叫声："沈小姐，有东西。"接来一看，原来是张便条！我拿在手中没看，回到宿舍再看，就是那个姓土的写的，说是："通知：待会儿亲自来女宿舍取，希望留待。"鬼才高兴来见你哩！拿出个信封套了那张通知单，开了个名字，去撂在门房里，说："等会如有姓土的来找我，把这个给他，不用来叫了!"我有我的事，没那么多工夫，让他去吃没趣吧！讨厌人！莫名其妙的叫我从心底讨厌起！

下一天，姓土的仍是那么个样子装着笑脸，弯着身子，可是我却有点怕看见他了。

第一期级刊印出了，漂亮的铅字本，小巧玲珑，代价不少罢！翻开来，第一篇发刊词，不知哪一个做的，满纸酸气，掉着之乎者也的文言文，夸大、胡说——讨厌！署名却是乡下人，再看下去，有几篇不错，再下去……哼！还有着一首古诗哩！瞧，不少文字，亦是酸气冲天，题名《佳遇》，内容是说作者自己的艳遇，署名亦是乡下人。这个乡下人该是谁？真是腐得可以，下次该告知股长，这样的不要取才好！不然真大伤这刊物的面子！——附带声明：我没投稿，也幸而没投！

晚间——据另一个是文艺股员的女同学说："乡下人即股长自己。"嗯！真是貌行相符，想不用他的稿子是不行的了！可是太不像样……真没法儿办！

不知是哪一天，上午十时去上图画课，走进课堂，只见许多人全聚在窗边的课位上，土且怀坐在中间那张桌上，指手画脚地在讲些什么似的。我坐上自己的位子，旁边的丹轻轻地对我说："你瞧那土老头在讲他的恋爱史呢？"她看看右旁的空位子加上说："说是和萧彤云的！"我觉得奇怪，怎么彤那样漂亮的人会看上这么个讨厌的人！追问丹："那么彤的意思怎样？"丹撇一撇嘴，露出一股不屑说的态度来："那有什么？还不是土老头在唱独角戏！"恰好，这时候彤和其余一位女同学出现在教室门口，立刻，教室中静了起来，不知谁打了个唿哨，大家瞪着彤看，彤也怔住了。这时土老头早停止他的报告了，跳出身来，带着点骄傲的样子，走到门口，一面弯着腰笑着，一面就想来接彤手中拿着的一把小洋伞，可是意外的："做什么？走开！"彤却生气了，斥狗般的狠狠地把那顶小伞挥着，仿佛那一面土老头摸过的地方有着毒虫似的要把它挥掉。土老头可想不到这一手，窘透了，刚才吹牛来，现在却当众出丑怎能下台？脸上由红、青变白，由白又变红，最后老羞成怒，瞪着眼说："不识抬举，好，有本事看着!"拉拉袖子走出教室去了！我们倒代彤小姐担心，教室中又闹了，大家纷纷议论着，彤对我们说："这家伙顶讨厌，自从上次帮他拿东西以后，他便到处乱说，其实，我是看拿不下可怜他，哪知就这么下贱，不知多少次了，非要人家给他个下不去——我也不怕他，看他作出些什么来……这死鬼!"原来是这么回事，大家全骂起土且怀来，他一伙的人见主子失了势，动了公愤，也不敢多说．悄悄地全溜出去了！

这次事后好些日子除了在教室中外很少见土老头了，偶然在过道上遇见了亦只见他匆匆忙忙的似乎很忙着。同时奇事也发生了，先是学校有了谣言说是彤云在校外怎样荒唐，怎样胡闹，接着某某几种小报上亦有了小新闻，关于彤小姐的长长大篇是记者的"目睹"。更，萧小姐每日接多少信骂她，全校的人不辨好坏地骂她。后来学校当局亦闻风了，把萧彤云叫去训话。萧回来对我说："气死我了，今日我便回家去了!"几小时后彤果然搬了铺盖回了家——学校里却有人说是被开除的！……

下一天土老头又以空闲的姿势出现在大家的面前了，仍是装着笑脸，弯着腰，而且是笑得更得劲，而腰亦弯得越下了！可是讨厌！现在非但我讨厌他，连其余的女同学也讨厌他了！他却满不在乎，胜利了，更是神气了，尽管我们讨厌他，他来女生宿舍找人的次数，却更多了！级刊早已成了他骂人的刊物，谁稍不合他意，下一期上立刻三四篇又臭又酸的文章一吹一打一呼一应地把你骂个不亦乐乎，非赔罪不能了事——我想最好这种人是去敷衍他省得吃眼前亏，想定了，也就这样做了，反正我和他不熟，尽想得出法子来推托敷衍。

倒也快，大半个学期过去了。一天晚上，他吃得醉醺醺的带了几个他的"兄弟"来宿舍找我说是有要事相商。我下去时，他们一伙六七人正在门房里胡闹，全是酒气喷人，口中含着香烟，有的斜倚在门边，有的在跟茶房吵架，一股上海流氓样。讨厌，我皱着眉头走了过去，那土师爷早嘻开了嘴嘿嘿地朝我笑着，酒叫他把平日做惯的弯腰亦给忘了，半晌没作声，而他同来的几个却是贼头贼脑地向宿舍里张望。我一肚子不高兴，这算什么呢？绝不像有事，有要事商量的呀？不觉虎起了脸，把眼望在别处似问似责的："有什么事？"土老头似乎也觉着了："沈小姐，我来是……我来是……嘿嘿沈小姐知道明日是最后一期级刊取稿的日子了，你的大稿这一次一定得要一篇，请，嘿嘿嘿，不能再拖下去了！"说着打了个哈欠．一口酒气直吹过来。我退了一步，心中想：倒了一千年的霉才给你这刊物写东西！口中却没有说出来，知道那会生麻烦，一边说："是吗？"含糊的应着，一边急着这下该怎样摆脱，恰好这时远远的舍监先生来了，我心马上一宽，谢谢上帝，用手指了指说："先生来了！"拔脚就跑，背后听得土老头还在叫："沈小姐慢走，还有事商量！"我却只当不听见自管回了房！哈！让鬼去跟他商量罢！本来是鬼事嘛！

　　这事后没多久便举行了大考，是提早考的，级刊的最后一期也始终没有出来，而我却很幸运的少了许多麻烦，考期中很少有机会遇见大家不在做事，于是都很好地把最后一礼拜度过，以后便放了假，下学期我转了学，听说由彤的家长和亲近些同学的合力交涉，结果土且怀那个师爷，那个"老头"终于被开除了！真真的开除了！也大快我女同学的心！

　　这么一个讨厌的人，到底他的讨厌在什么地方？那连我自己也不知道，也许他的讨厌就在那个不喜人的脑袋里吧！

74

最后，再重说一声：这已是一年前的事了！

2月8日（1938）

客来

这几天，这里天天有客来倒真是热闹！李太太在整理着饭桌，点点人倒有九个，那张小方桌坐不下，没有了主意，口中有一句没一句地说着，看她那心中是不高兴透了，把几副筷子放来放去却总放不好。她的女儿阿宣在旁边看不过啦，跑过去将筷子一把抢了下来，说："得了，让我来放吧！几个客来吃一顿也是难得的事，你就犯不着这样不高兴……而且这是舅老爷的客，他不说让客走，我们做主人的倒好意思说是不请吃？"阿宣是这家中的宁馨儿，年纪不大，可早就是一副大人腔，人是挺伶俐。家中除了她父亲的公事外，什么事全有她的一份儿。李太太也少不了她，今日不知哪来的好兴子，找出了一个花绉纸，一早就在那儿做纸花，预备布置她的小房间，听李太太在旁啰唆了好大半天，早就透着不耐烦，因为手中的一朵花没做完，所以也就忍着不响，这下花可做成啦！放下就跑来帮她妈的忙，一边就任意地跟李太太说着。李太太瞧着她满有劲的这边转到那边的放筷子，放汤匙的，不觉又起了感触，暗暗想：到底她们年轻人来得，我可不行了，想着不知不觉地叹出一口长气来，"唉"。那一个可全没在意，快手快脚的，一会儿连凳子都摆好了，这才静了下来，去收拾自己的东西，一边收拾一边对李太太说："吃饭让我在里面吃得了，妈在客人面前可少露出不满意的样子来，让人家说我们小气！"李太太向来是十分听阿宣的主意的，就说："好！本来也不关我事，不过说起来你舅舅也太不懂事，朋友也要看个路数，不管三七二十一的把不三不四阿猫阿狗的人

75

全往家里引，你爹也是不肯随便的人，看得早不愿意，等会弄出些事来，唉！不说了，反正我也管不了！"李太太煞住了话，径自向后房走去了，脚把地板蹬得发震。阿宣望着她的后影，皱了下眉头，自言自语道："老年人全是这样多疑，没法儿！"

这时那"客"可正和舅少爷在书房里面谈得挺起劲，主客两人隔着书桌对面坐着。是冬天，房里还生着火，满房子的烟，烟盘上还搁着大半截没吸完的烟，青烟袅袅地升到空中，然后又散开了。桌上还零零碎碎地放着花生米、瓜子儿等小吃，壳儿散了个满桌满地。"老吴，话就这么说定啦！以后可别改口！"一个有着一大把胡子的中年商人，那么兴冲冲地高声对着主人嚷着。"那当然，还用说，而且这也不是我一人的事，有这么些人担保着我还怕什么呀！你可真太小窥我了！"舅少爷有点不高兴，瘦脸上透着怒色，一会儿也就平了下去。这时另一个年轻些的客人也说了，"哎呀，我们哪有这个意思，吴兄言重了，大家知道你是热心人，所以才来找你的呀！不说……咳咳。"那年轻些的，说着咳了起来，那一张苍白色的瘦脸咳了个绯红，半天喉中呼的一声，"呸！"那口又浓又绿的痰，从那口中直飞了出来，掉在近处的红漆地板上，躺在那儿不动了，显得有点骄傲。它的主人可不管，用手把他那又长又蓬的头发将了一下，"不说别的，去年那三票生意不是全靠你老吴？""是啊，自己人还用说，哈哈。"那大胡子一边拈着一粒花生往口中送一边说，末了像是笑自己又像是笑人家的笑上一大阵。屋中的其余两个先愣了一下，随后莫名其妙地亦跟着大笑起来。这时中间那屋却正在开饭，八只菜碗都盛得满满的，阿宣的三个弟弟亦从学校里回来了，屋中顿时添了几分热闹。阿宣正在旁边使劲地扇着一只火锅，脸上红红的，扇了一会儿便换一下手，不一会那火锅便"扑扑"的滚了。阿宣停了扇，去了盖，提到了桌上，口中向后边叫着："妈，好啦，可以请客人出来了。"李太太忙从房中走了过来，看见阿宣已向后走去，赶着提高嗓子向厨房里喊去，"高嫂子，小姐在房里吃，你给她弄开了菜没有？"阿宣已走出后房的门了，听得这话便应着："妈，我自己去看，别叫了！"说着一径向厨房边走了去，李太太这边整了下衣服，掸了掸灰，于是向书房走去，轻轻地敲了下门，随后便一推，房门开了，里面的三个不约而同地向这边望来。"请去用饭吧！"李太太看见书房里的样子不觉皱了下眉，想返身走，可是这敲门做什么的呢？只好忍着就这样像诚恳像不愿意似的说了声。房中的二位客人可不客气，立刻站了起来，舅老爷打头走了出来，客人跟在后面，年轻些的先干笑上两声，"嘿嘿，老吴又要吵扰你一顿了！"舅老爷心中想：早知你这两个宝货不吃一顿不肯走的！口中却说出了"不客气，不客气，自己人！"

那几个小孩不知什么时候已溜了出来，已端端正正地坐在自己的位置，现在却只顾用眼睛向这两个客人看着。"先生"亦在座了，一个大学教授，年老，头发也秃了，却偏欢喜称少年，去过美国，在顶洋化的××大学亦教过书，所以一股洋气。他对于舅老爷一般朋友是向来看不起的，"什么东西脏里脏气——肺病鬼"，尤其使"先生"讨厌得不堪的是，这些脏东西竟不懂他的哲学。不懂就不懂算了，偏还要瞎问瞎说，今日"先生"在学校里因为一个学生当堂"无理的反问"发了大怒，怀着一肚子气回来，只想找个人来发泄一下子，偏这两个倒霉的客人又给碰上了，可是"先生"究竟是"先生"，而且还出过洋镀过金的，到底要不同些，当下没作声。"李先生好，回来啦？学校里什么时候放假呀？"那个大胡子一眼就看见"先生"，立刻打起精神招呼。"先生"爱理不理地在鼻子中"哼"了一声，也没转身，回过头去有意无意地问了声："阿宣呢？"大胡子吃了个没趣，怔住了。这边李太太却在招呼了，"请坐呀！别客气。"舅老爷亦在旁边让着，这才糊弄了过去，大家坐了下来！

吃着饭，李先生向"客"观察了一下，这么长的头发，这一把大胡子，哼，李先生摇着头，一肚子牢骚，不觉又开了口，"现在中国怎么会有办法，只要看看几个中国人全是身上弄得一塌糊涂，不干净，肺病，只会谈天吃闲荡，人家外国人全是弄得干干净净，身体好，做什么事都是赶赶紧紧，所以外国要强，中国要弱了，唉！"说着用憎恶的眼光看了两个客人一眼，那个大胡子只顾吃他的菜，那年轻些的却听不过了，脸只管一点一点红起来，知道李先生说的正是他们，低低的说了声"也不尽然罢？"这句说得虽轻，李先生可亦听见了，老大不高兴，把刚想送到口中去的一块肉放了下来，看定了那客人，更生气似的说："怎么叫做'不尽然'，我在外国住了十多年，难道还不知道？中国人就有这么个脾气，自己不知道的偏欢喜瞎说，真讨厌！"这下全桌的人全都怔住了，连小孩子亦莫名其妙的呆住了。半晌，还是李太太先说："吃罢！'先生'你亦可以少说你的哲学了，学校里说了半天还没说够？"于是大家又继续吃饭，那年轻些的吃完了一口饭就拿汤匙，去火锅中盛了汤又凑到口边喝，才喝到第二匙，先生可不高兴透了，把筷子一丢，站起身来就走，一边却向两个小孩说，"火锅少吃，当心有肺痨菌。"这下子，太使人难堪了，那年轻的客人的脸上一阵红一阵白，手中拿了个汤匙举了一半，就那么愣住了！舅少爷亦气着了，随着哼的一声，站了起来，招呼两个客人说："别在这里吃了，我请客，上外面去。"两个客人巴不得这一声，立刻亦站了起来，口中说"不必，不必"，脚却跟着走进书房去拿帽子了，李太太还在啰唆。"怎么了？好好儿吃饭，又闹什么气！"主客三人却已冲出门去了。

房中剩下的几个人可仍继续吃饭，连阿宣亦来参加了，李太太还叫"先生，你再来吃些不？""先生"在后面大声地说："吃鬼！"李太太叹了口气，"人家客来有趣，我家客来却尽是多烦恼！唉！"李太太不知道这是因为"先生"肚中本来有气，而两个客人只是碰上做了出气筒！

2 月 11 日（1938）

李先生

自从这安全的长沙亦变成不安全以来，李先生一天到晚总像是在跟谁生气似的，没有一点快乐安适的样子；长沙不安全固然是一个原因，但是和××大学的迟迟不开学也不见得没关系。而敌机偏偏又在最近不多时来掷了一次炸弹，于是李先生家里更是空气紧张得厉害了。这天一清早，李先生就出门找朋友打听消息去了，因为李先生说报上的消息是靠不住的。李太太在家忙着收拾书籍和零碎的东西，其实这些东西已是丢掉也没关系的末等货，头等的字画古董，二等的冬衣摆饰早已在二月前分批托人带到李先生认为万无一失的××（地）去了。最近，大约三日前罢？天还没亮的早晨，李家又送出一批大约有四箱光景的夏衣。天是这般热，李太太感到这件大皮袍穿着嫌热，有点不高兴了，想换衣服去吧，刚走到房门口便想起薄些的衣服已送出去了，不禁呆在门口。这时楼梯上有着"咯咯"的皮鞋声，李先生回来了，一进屋便把帽子向桌上一丢，气呼呼的，李太太在旁边看看苗头不对，准是在外面没得到什么好结果，所以也就呆呆站着没敢问。倒是同居的吴太太听得李先生回来了，忍不住走了过来冲着李先生就问："怎么样？"李先生这才开了口："怎么样？中国人没办法，去问问全是一个不知道，哼！"李先生偏过头哼了一声，对才从门边走过来的李太太说："张先生家已预备明日下乡去了。你想堂堂一个大学教授不是没知识的，一个炸弹便吓得这样，那叫一般无知的老百姓怎么不慌？怪不得长沙人要逃光了！"李先生顿了一下，李太太乘间（隙）问——带有点不敢问的样子——"那么张先生××大学不去了吗？""那还用说，反正他们这些人教书也只负个名，现在自己逃命都嫌来不及，还管什么学校上课不上课！中国人就是这么不负责任的么？"李先生好像嫌李太太多问似的瞪了她一眼，用不屑的口气说。本来么，李先生曾在美国住上十多年，欧洲大战时他在那边还耳闻目睹来；对于中国人向来抱着点儿轻视的态度，这次抗战在他眼光中看来根本不应该有，"日本"人比我们厉害得多！"这抗战算得了什么，值得这样兴奋，不看见人家欧洲大战时才叫厉害哩！"不过李先生究竟是个出过洋镀过金的，而且还是个要充新人物的大学教授（虽说他现在却在赞成读经，研究庄子哲学），心中尽管这么想，口中却从不说，虽然说也只是些零碎的，好像说笑话似的说，而且自抗战开始以来他明明还口中起劲的说着要找工作做呢！"逃难是不逃的，光逃又有什么意思？"这是李先生的口头禅，每天得说上一遍，心中呢？那旁人可不得而知，只有他先生自己肚里有数罢了！咳！前次丢炸弹，还不是真真丢中了飞机场！一个学生说他还亲自去看来，他说："前面有兵守着不得进，我是从缺口里走了进去瞧见了的。你想，飞机场这么个重要地方还只守了前门，缺口就不管，那就怪不得汉奸会立刻知道了去报告——中国人做事就是这样，全是猪么，只知道吃、睡、玩，这样的国你想怎么会不亡?! 唉!"李先生又像自己不是中国人似的站在第三者的立场上，把这个不知说过几十遍的老话正模正样地对着吴太太说了一遍，照例加上许多不必要的叹息口气，而且还用着"他的北平话"骂了一顿中国人，然后睁圆了眼睛，对这个瞪瞪对那个瞪瞪的轮流瞪着，一只手按在八仙桌上，另一只手不时地去架那副金边眼镜。吴太太瞧瞧没她说话的份儿，应了个"是"，跟着叹了口气，也就回到自己房里去了。这边李太太见她去远了，才轻轻地问："真的张先生家要走了吗? 那么到××去的公共汽车现在还有没有? 我们也可以……"说着焦急地望着李先生的脸，这个挺神气的挺了挺胸："那个，请放心，我早已打听好了! 到××去的车子有的是，听说也不大挤，趁早走是顶好，省得临时不舒服，不过——讨厌! ×大又不开学又不关门，叫人家吊在这儿，等会儿我们走了，倒又开课了，那时怎么办? 爽性关门，倒也就没有什么! 我们反而可以走了，现在——唉，真要命!"说起"走"李先生就立刻气萎了下去，苦着脸，皱着眉头，额上显出一条条很深的皱纹，刚才那股骂人的壮气，一下子不知躲到哪儿去了! 接连着叹气，李太太亦苦了脸，显出一副无可奈何的样子，李先生的困难她知道。"再说，就是×大拼着不去，可也抹不下脸子走呀! 同事们会说:'李之东先硬，现在自己倒先逃了。'其实——唉，他们哪里肯相信我是送老太太去的……"李先生又接着说了一大篇理由，于是两人对看着——最后还是李太太说:"明日再看罢，如果不好，那就只有不管了!"说着走了出去，一边问:"给你弄块面包吃吃要吗?"

李先生刚吃完那块搽着橘子酱的面包，在房里踱来踱去，手里拿了一本厚厚的中国书很快地翻着，嘴里"嗡嗡"地哼着他的得意声调。忽然下面的佣人大声叫了起来："李先生，客来啦！"李先生震了一震，然即明白了是有客，口中不觉又骂了起来："客来就来好了，叫得这么响做什么?!"骂着，楼梯上却已有人走上来了，李先生忙把手中的书一丢，迎了出去，书从桌上滑到地上，面子向上露出了名字《曾文正公全集》。

"哦！是你——进来吧！"李先生在屋门边张（望）了一下，看见来客是他的学生，就不迎出去了，退回到屋中间高声说，有点高兴又有点不高兴，高兴的是有个说话的对手，不高兴的（是）怎么竟在这将要吃饭的时候来！那学生倒恭敬，不敢随便，坐在李先生指定的椅子里嘿嘿地笑着。"你来得正好，我正想问你几句话，嗯——"李先生用他一向对学生说惯的老调儿开了口，因为如此既可以显出他对于学生的来到是很欢迎的，而一方面又不失自己做先生的身份、尊严。"×大你去过吗？学生到得多不多？注册了没有？"那客人带点不知所措的样子回答："学校里今天刚去过一次，学生不能说多，注册还没有开始，许多同学来了看看人少便说早着呢！又回去了！真的，李先生可知道什么时候才能正式上课？"这个学生说的倒也是国语，不过总还带着些湖南腔，李先生咳上一声，脸正一正就跟上讲台讲书时一模一样，慢吞吞地说："开学是总要开的，不过学生不来也是没法——去年好像也是过了 2 月才开课的吧?! 今年么，总也要到那个时候，据我看来总要到 3 月中旬才能正式上课，开课是一定开课的，毫无疑问——你们准备上就是了！你回头碰见同学叫他们赶快来上学！""是，我回头碰见了叫他们快些来就得！"学生好像怕迟说了话便会逃走似的抢着答应，李先生满意地笑了笑，接着又大发挥起来："学校里的办事人可真不行，说注册，注册，到现在还没有实行，中国人就光会说不会做，一个学校尚且如此，那一个国家更何消说——外国人就干脆，说做就做，从来没有说做而迟迟不做的！只看平时好啦！中国人定了约，总是等等不来，再等不来，非得迟上个钟头就不会来，外国人就不，说什么时候，什么时候准到，由此一小点看来，便可见中国人的本性就是个不能图强的民族，哪还能成什么大事哦！"李先生说着说着，声调越来越高也越有精神了，说到这里忽然停止了，站了起来把两只手一摊，吞了口唾沫，姿势就是在学校中演讲时一样，够得上说是"优美"，但是脸上的笑容却早已不见了，换了副替中国叹息的面容，眼睛瞪得圆圆的，从那副金边眼镜下盯着那学生。学生赶忙应着"是是"，心中却在问："李先生自己不是中国人吗?"脸上不自觉地露出了不以为然的样子，李先生似乎也觉得了，默了一会，细细地重新打量了一下他的来客，哼！客人的膝上还放着一大包东西呢！"你这包是什么东西?"李先生问，虽然自己也觉得有点不大好，可是一转念，他是学生而自己是先生，又坦然了，那学生也似乎这才想起他还带有东西呢！就拿着站了起来，走到桌边，显着一副恭敬的样子说："才从乡下出来，没有什么东西，家里有人送的几套瓷器，看看也还不错，就想着带一套来给李先生瞧瞧。"边说，边把纸包打了开来，是一套茶具，白底浅蓝色的边上映着深蓝色的叶子，样子还算不错，李先生脸上露出了一丝笑容，可是立刻又不见了。跟着走了过来，拿起一只茶杯看了一看，用手掂掂："轻倒很轻。"放下茶杯，又拿起个碟子瞧瞧，把眼镜除了下来凑近了眼，很仔细地翻来翻去看："这个倒不坏，是醴陵货吧?"学生笑着应："是，醴陵货，这是改良的!""哦，改良的!"李先生又放下碟子，退了一步，架上眼镜欣赏了一下，跟学生说："是改良的，怪不得那样子带点西式，就是这花也有着洋花味儿啊！颜色倒不错，还算文雅——不过，中国人总不聪明，学要学西洋人的，学得呢又不好，你看，这底上毛毛的一点儿不光，倒不如中国自己的细瓷还好些——这个买起来大约很贵吧？叫我就不买，又贵又不见得好，不中不西……"说着李先生又发起议论来了，学生讨了个没趣亦告辞走了。李先生送那学生到楼梯边便回来了，仍旧欣赏着那套瓷器，一会想起了什么似的叫道："喂！来看这儿有一套瓷器在呢！"李太太却正在下面厨房里弄饭没听见，李先生等了一会，不见上来，自言自语说："这一套东西不坏，放在客厅里吧！"

饭后李先生躺在藤椅上翻着报，又来了个客人。这个却是同事张先生，他是来辞行的，两人规规矩矩的对坐了起来。李太太亲自出来倒茶，带便问道："张先生听说明天要下乡去了，是吗？""是呀！难道还在这里等吃炸弹吗？再说老人小孩吓不起，那天丢炸弹后便天天吵着要走，没法，只好送他们去了再说，若是像你们这样人少，我真不高兴走哩！人多，临时照料不下那才糟！"张先生皱着眉头说，李先生在一旁嘿嘿的笑着不作声，李太太附和着："可不是，张先生有四个孩子吧？！我们小孩子是没有，只是一个老太太麻烦些，我们两个是不要紧，临时随便什么难民车上也挤了上去，所以我说先把老太太送出去……""李先生你是不是想送老太太上××去？"张先生没等李太太说完便抢着问。"想是想如此，只怕不会成功，而且我也没工夫送，送去了也许就出不来，那我就只能呆在那儿可糟了，完全变成了是去逃难的了，一点意思也没有，逃难我是不干的，除非那边亦有工作做，不然去干吗？做教授的知识分子尚且只知道逃，不能出来以身作则的做些有益的事，那一般老百姓更不用说了，还有什么后方工作呀！所以逃难我是决意不逃的，只是老太太麻烦，没有法子也许只有牺牲了一切送她去！——真的，张先生，你可有什么工作介绍给我做做？前两天我和一个朋友谈起，他想请我编一种杂志把哲学大众化起来，你看我要不要干？"李先生暗暗地刺了张先生几句，把自己想出杂志的理想说了，带便替自己吹了几声，说完了，得意得很，想：你这个人算得什么，老早就要往乡下逃！张先生听了很不受用，也就借此发泄了！"哦，哲学杂志？很好，不过好像在现在要把它和抗战配合起来是一件不容易的事，创哲学界的新纪录！好极了，好极了，什么时候出版？我预备拼着多花几个钱做一个读者，不过只怕我这个读者还不够资格，哈……"张先生说完，故意笑上几声，接着又紧张了脸，压低了声音："李先生，告诉你，正经话我得着一个秘密消息，说是前方战事不利，这儿吃紧得很呢！说是近来汽车公司生意大好，车子大感缺乏，所以到××去的长途汽车怕要充别用，这些是秘密的，你别说出去被人说汉奸捣乱人心，我们是老朋友了，所以告诉你。""真的？""啊！"李先生李太太同时问。李太太手立刻抖了起来，李先生的脸色也不大好，张先生看着很高兴，因为他的瞎说居然惊着了他们："真的，那是我那党部的朋友告诉我的！"张先生一面说一面站了起来拿了帽子："我走了，再见，你们宁可预备一下，嘿嘿……"张先生让他俩站着发愣，脸上带着胜利的笑走下去了！

直到下面关门的声响起后，楼上这两位才醒了过来，李太太说："你还不快些去车站问问有票子没有？""是，是。"李先生抓了帽子就走，走到一半，忽然又像记起什么来似的高声叫："喂，你把东西先理起来吧！"皮鞋声"咯咯"的出去了！这边李太太回屋子瞧了一瞧，看见那套学生送来的瓷器正摆

85

在桌上，便找了张纸忙着包了起来！一边口中自言自语道：

"这套东西可真不错，要不要带了走呢？……"

2 月 12 日（1938）

沈霞的文学天赋和独立思考在这些作品中可见一斑。《一个讨厌人》选取了自己亲身所遇，语言生动、形象，内容层层递进，情节引人入胜。《客来》中人物形象通过细节展现，对人物内心进行了具体的描写。而《李先生》中的"李先生"等大学教授的窘况，完全是写实的，其中人物的心态、性格、状态等，都是沈霞客居陈达人家里常常能感受到的。

茅盾为《救亡日报》写过一篇《第二阶段》的文章，对教育界的情况有所了解，茅盾说："这篇文章是有感于当时接触到的不少大学教授的烦恼而写的，这些教授虽有满腔报国的热忱，却又为自己所学的专长报国无门而痛苦。"①

而沈霞写的《李先生》一文，则是用文学笔法来展现抗战时那些教授的苦恼，可谓另辟蹊径。

二十、到广州去

长沙毕竟不是久留之地。

在长沙待了半个多月之后，茅盾决定去武汉，感受一下武汉的抗战形势。当茅盾在武汉了解了抗战形势后，决定举家南下广

---

① 茅盾：《我走过的道路》（下），人民文学出版社 1988 年 9 月版，第28 页。

州，创办《文艺阵地》。

茅盾给在长沙的夫人孔德沚写信，让她和儿女们做好准备，等他一回长沙，立即动身去广州。

1938年2月19日，茅盾回到长沙，女儿、儿子和夫人早已收拾好准备带的东西，陈达人劝茅盾一家再住几天走，茅盾说："广州那边已在等了，杂志要按时出版的。"

21日，黄子通、陈达人夫妇俩和他们的侄女小胖送茅盾一家到火车站。沈霞及沈霜客居陈家快半年了，求学在长沙一个学期，如今要告别长沙，又将奔赴下一个地方，沈霞心里多了几分留恋和惆怅。日寇侵略的暴行让自己和弟弟不得安生，连高中学业也只能在奔波中进行。

火车徐徐开动，茅盾一家人俯在火车窗口，挥手和黄子通、陈达人一家告别，感谢陈家这半年多来给予他们一家的帮助，让他们在长沙有个免费落脚地方，免受逃难奔波之苦。

火车整整开了三天，直到14日才到广州。晚年时茅盾对这趟火车有一段回忆，讲述了他们一家在火车上"三下曲江"的曲折经历，现在读来仍让人心焦不已。

第一天下午列车顺利地通过坪石，沿武水蜿蜒而下，但傍晚到达韶关却停下不走了，说是前面的曲江白天遇到空袭，需待路轨修复才能继续前进。等到天黑仍无动静，大家只好睡觉。半夜，我在朦胧中觉得火车在开动，心想：明朝能到广州了。可是第二天醒来，却发现列车在坪石车站上！问乘务员，才知道昨夜曲江不能通过而白天又不能在韶关停留，所以后半夜列车又开回了坪石。于是我们在坪石车站待了一天。下午，列车又沿武江开去，又在傍晚停在韶关，而我们又在下一个早晨发现仍旧在坪石。据乘务员讲，敌机天天轰炸曲江，只有乘夜暗通过曲江，才没有危险，如果到半夜12点路尚未修通，列车就得返回坪石，等下一天的机会。听了这个介绍，我们真担心将会无休止地往返于坪石韶关之间。第三天，我们又南下韶关，等到12点以后大家都丧气了，这时车却悄悄动了，有人发现朝前开的，而且愈开愈快，这才使大家嘘出了一口长气，安心地睡觉了。这就是所谓"三下曲江"。①

广州的《文艺阵地》要去编，但住在广州的房子却没有定下来，姐弟俩的学校还要去联系，有多少事在等着他呀！火车却进一步退两步，这是何等无奈而又焦虑呀！

终于到了广州，茅盾本来想在广州落脚的打算又改变了，原因是广州的印刷条件并不理想，住房也比较紧张。朋友萨空了劝说茅盾一家去香港，茅盾和夫人孔德沚商量，孔德沚说："广州这地方恐怕也麻烦，我和亚男去看了看房子，看得过去的房子一处都没有，尽是些老房子，街上也太乱，话也听不懂。"

茅盾问沈霞："亚男，你认为这里的学校怎么样？"

沈霞说："和妈妈去看了几个学校，听说广州空袭警报几乎天天有，比长沙还多，几所中学一听警报，立刻就让学生躲警报，所以一样的念不成书。"

茅盾说："我想还是去香港落脚吧，我编刊物倒无所谓，亚男、阿霜的书没有念完，东奔西走，什么时候才能念完啊，所以不如去香港念书。我问过萨空了，香港的中学里，上课还是正常的，不过具体情况他也不清楚，到了那边再找学校也可以，反正

---

① 茅盾：《我走过的道路》（下），人民文学出版社 1988 年 9 月版，第36页。

是去插班。"

夫人孔德沚、女儿沈霞和儿子沈霜听后都举双手赞成。

说走就走，虽然他们一家刚到广州两天，茅盾又带领全家立刻打点行李，于 27 日下午离开广州去香港。

二十一、香港生活

20 世纪 30 年代的香港，并不繁荣，香港的住房也没有当时上海那般从容。

到香港后，茅盾一家在九龙弥敦道租了一间 25 平方米的房子，厨房与卫生间都是共用的，简陋、局促，孔德沚感叹"连广州都不如！"

茅盾后来回忆说：

德沚到公用厨房里一看，二房东三房客早把全部面积占光，现在腾出了一个角落给我们，只好摆只煤球炉。在上海的独家厨房中施展惯了的德沚如何受得了？回到房内就大叫：吃不成饭了！我提议采取临时措施：吃三明治加罐头，或找一家"包饭作"；孩子们都拍手赞成，但被德沚一一否决了。这时亚男出了个主意：去买只打汽炉子在房间里自己做饭。"好！"，德沚立刻同意了，因为在上海蛰居树德里三楼时，德沚曾经用一只打汽炉子烧过三年饭。①

---

① 茅盾：《我走过的道路》（下），人民文学出版社 1988 年 9 月版，第 42 页。

茅盾一家四口上街去买沈霞建议的打汽炉子，结果转了一大圈，只买了只酒精炉。之后孔德沚就在这只酒精炉上表演她的烹饪技术，直到离开香港。

其实，房子紧张的烦恼不止于做饭，更麻烦的是卫生间，因为共用，常常人满为患，早晨想上厕所焦急万分地等待，十分恼人。

无奈，茅盾一家只好采用接力的办法，起早占领卫生间，才算解决了一家人的盥洗等问题。

当时，25平方米的房子里，除了这些烦恼事外，连电灯照明也让他们一家烦恼不已。由于房间内原有灯泡是25支光的，太昏暗，茅盾要写小说，沈霞和沈霜要做作业，看不清，于是茅盾不仅买了个台灯，还将25支光换成60支光。

这时，二房东太太来干涉，不准换灯泡，也不准点台灯，孔德沚和她吵了一架，最后以增加电费才达成一致。

为住房问题折腾了几天，茅盾又为女儿沈霞、儿子沈霜念书问题奔走。茅盾向在香港著名的教育家吴涵真了解各学校情况，吴涵真说："香港只有一所大学，即香港大学，但程度连上海高中都不如。学校注重英语，目的仅为训练洋行的买办和商店的职员，并不在培养人才。"

这倒让茅盾有点意外，"那么中学怎么样？哪一所好些？"吴涵真说："香港的中小学大部分在念'四书五经'，教员的头脑十分顽固。这些都是港方官办的公立学校，他们不准在课程中讲抗日问题，唯一的优点是学费低。"

吴涵真又说："沈先生住在九龙弥敦道，可以让你女儿、儿子进那边的私立华南中学，那边有女校部和男校部。这个学校是香港华人办的学校中最开明的一所，教材是内地的，国文课讲普通话，公民课有抗战内容。"

茅盾听了吴涵真的建议，和沈霞、沈霜姐弟俩商量之后，决定进私立华南中学继续他们的学业。沈霞进了女校部继续念高中，而沈霜则进了男校部念初三。

茅盾安顿好沈霞、沈霜上学的事后，不顾家里居住条件的简陋，开始全力以赴主编《文艺阵地》。

《文艺阵地》是中国抗战时期文艺界的一个重要阵地，中国文学家用自己的笔在《文艺阵地》上呐喊和声援，为中国人民艰苦卓绝的抗日战争鼓与呼！在这个阵地上，茅盾培养、团结了七十多位作家。后来，茅盾找到了九龙太子道196号四楼的住处，与萨空了以及吴涵真毗邻。从此，茅盾一家在此一直住到离开香港。

关于这处新居，茅盾回忆说：

> 这是一栋公寓楼，是九龙的高级住宅，但使用面积并不大，一间卧室，一间客厅，外加一个大阳台。我们把阳台装上玻璃窗，改成了一小间，让亚男住，阿霜则在客厅搭张床。太子道是九龙的住宅区，沿街商店不多，行人也少，很安静，是写作的好环境；只是阳台正对着一座被劈开的小山，红色的岩壁反射午后的阳光，在夏天就像一座"火焰山"。①

沈霞在这处新居阳台给自己建了一个小天地。有时，她稍加

---

① 茅盾：《我走过的道路》（下），人民文学出版社1988年9月版，第57—58页。

装点，摆上几盆花，穿着漂亮的连衣裙，还在阳台上拍照，并自豪地在照片背后写道："瞧，这里是哪儿？我告诉你：在我家的阳台上——一切都是很简陋的，可是经过一番布置后，照出来的却是很富贵气了！谁能相信这些常青植物是旧主人丢掉的枯树，而身上的衣服仅仅是不到半元的自裁自做的布衣。"

这套居所是茅盾一家满意的住所，虽然只有今天的一居室住房大小，并且是个小套，但在当时烽火连天，民族遭难之时，茅盾一家也就不讲究这些了。

时间过得很快，沈霞在私立华南中学女校部读书已达半年时间，一个学期一眨眼就过去了。茅盾所编的《文艺阵地》杂志影响力也越来越大，但由于战争时期交通影响，杂志印出后迟迟发不出去，送不到读者手里，这让茅盾颇费心思，而且广州的排印质量也让他感到十分无奈。

所以从第四期开始，茅盾将杂志编好后送到上海，让内弟孔另境负责编排。于是，茅盾在香港开始遥控指挥孔另境，每一期《文艺阵地》，茅盾初编后就托人带给上海的孔另境，告诉孔另境如何编辑这些稿子，如何编排，多余文字怎么办，少了怎么办，排不下移到哪里，标点符号怎么用，补白的稿子在哪里，等等十分烦琐具体，等于手把手教内弟孔另境。孔另境在姐夫身上学到许多编辑艺术。几期以后，孔另境的编辑水平提高不少，在香港的茅盾才放心。

就在茅盾遥控指挥在上海的内弟排印杂志，忙得团团转的时候，沈霞患了肺大叶炎。

二十二、患病休学

茅盾一家到香港时，正是香港的仲夏季节。一天，沈霞浑身发冷，发起高烧来，而且咳嗽就胸痛、气急，有时甚至高烧到说胡话的程度。

茅盾夫妇一看女儿突然发病，急得不得了，连忙送女儿去玛丽医院就诊。在医院检查和观察之后，医生确诊沈霞是得了肺大叶炎，需要休息、不能太累了。

医生一方面让沈霞留院观察，另一方面给沈霞打针消炎。半个多月过去，沈霞的肺炎病情才终于稳定下来，没有恶化下去。但华南中学已经开学，沈霞无法去上学，只好由父亲茅盾出面，向华南中学告假休学。

因此，1938年本来可以完成高中学业的沈霞却因为一场肺大叶炎，中途休学，在家休养。

沈霞病好之后，由于休学，心情郁闷。但好强而又聪慧的沈霞，不甘于在家养病，每天仍勤奋读书写作。10月的一天，沈霞在自己的房间里看到对面山坡上的树叶呈紫色时，忽然想起在乌镇的祖母，想起小时候秋天去乌镇郊区玩耍的情景。

对面山上褐红色的岩石，仿佛是一种秋的象征。一向感情细腻敏感的沈霞，面对此情此景，提笔写了一篇散文——《秋》①。

往年在故乡，十月，这已是名副其实的秋天了，太阳已由炎热变为温和，而在清晨与薄暮也已觉得秋风的"寒"意。可是这儿——这处在亚热带的南国——却不，虽说秋季已经

---

① 据手稿。韦韬先生提供。

开始了，太阳却还是带着凌凌迫人的威势，热得人只想弃了一切去睡觉！天是低的，空气是湿闷的，"天高气爽"这四个形容"秋"最入微的字眼在这儿似乎是不适用了！多奇特的南国之秋啊！

秋，在过去是最得我欢迎的一个季节，想罢：在秋夜，静悄悄的独自一人坐在窗前灯下，翻读着自己心爱的书，屋外草丛中的秋虫叽叽唧唧为你奏出不同样的调儿来，有曼妙的，有雄壮的。清风送入屋来，把窗帘拂得微微颤动，有似仙女们在舞着她们的轻纱薄衫。灯光是柔和的，心和井底的水一样恬静！如果你看的是一本诗集，那四周的景象不是更显得诗意吗？看得眼儿酸了，那么把灯儿熄了罢！去躺在柔软的床上，让月光从你的窗外射进来投在你的身上——试把眼儿轻轻地闭上罢，不觉自己也似真的和仙女们同飞翔在天空中吗？秋月是美的，那月光更清澈得可爱，和青宝石的光一样的闪亮，充满着幽静的美的青光，是天堂中的宝物哩！

如果在晚上太疲倦了，没有闲情欣赏这静的秋夜，那么让我们来说说秋的白昼吧！在我的故乡秋天是放风筝的日子。拿了风筝和几个友人踏着芳草野花到郊外去！拣一块舒服的草地坐下，扯起风筝，让手中的线一点点随风松去，望着那高得出奇的青天，几只老鹰安详地在空中盘旋着，看风筝慢慢儿飘飘然地升高，自己的灵魂也随着风筝在空中飘荡着了，自在得有如一片白云在飞翔！

深秋了，凋叶随着秋风在地上打滚，花树下堆满着落花。在夕阳中找一方纱巾，去集落叶与花瓣，拣完整的收起来夹在书里，不全的，找一个藏身处把它们堆积着吧！秋要去了，如果你有的是眼泪，那么把残花落叶一同埋了吧！泪是秋的陪葬者呀！

有人比喻：春是美丽的小姑娘；夏是泼辣的少妇；秋是多愁的少女；冬是残年的老婆子！这是很聪明的比喻。可是在我的眼光中看来秋也并不一定是"多愁"的，秋不是有许多引人高兴快乐的地方吗？也许这个"多愁"是注重于秋末罢了？不然，一定是那个说的人自己是个多感多愁的悲哀伤心人啦！不是吗？秋在伤心人是顶引愁的一季呢！

　　南国的秋，我还没有体味过，想来也一定是可爱的吧?！海边的秋阳该是多么撩人哩！来吧！如果你没有什么重要的事，放下一切来幻想吧！幻想是美丽的，秋的幻想更美丽，不试一试吗？

　　秋，是适合于幻想的季节哪！

　　　　　　　　　　　　　［完］草于 10 月 12 日（1938）晚灯下

　　1938 年下半年，沈霞在休养中度过，本来想病情稳定后去上学，但医生不允许，要求一方面增加营养，另一方面静养，不能活动，以免劳累而病情复发，所以，沈霞只好在家看书休息。

　　在香港，茅盾夫妇天天为香港物价之高的事情而头疼，向来省吃俭用、勤俭持家有道的孔德沚不断向丈夫抱怨香港物价之高，经常向丈夫诉苦，而平时不大关心开支的茅盾也感觉出家庭用度的困境。

　　茅盾晚年时还清楚地记得当年的情景：

　　我们的开支月月入不敷出。《文艺阵地》的编辑费是法币70 元，折合港币四十多元。《文阵》在广州排印时，一月两次赴广州的车马费、旅馆费就花了一百多元，移到上海排版后，又从 70 元中扣出 15 元补贴另境。因此，我编《文阵》所得付了太子道公寓的房租就所剩无几了。幸而《言林》的编辑费和稿费还丰厚，但要应付香港高水平的开支，仍旧常使德沚叫苦。所以我们只好从积蓄中倒贴，10个月下来，几乎贴了1000元。显然，这样过日子是不能长久的。①

　　而此时，内地不断传来战争不利的消息，老家乌镇早已陷落，虽然还可以通信联系，但老母亲孤单一人在乌镇，近亲的人都不在身边，平时全靠泰兴昌纸店老伙计黄妙祥他们照顾。兵荒马乱的岁月，怎能让远在香港的茅盾一家放心？

　　茅盾当时曾想，如果回到上海，那么编《文艺阵地》会更加方便些，省去转运稿件之苦；母亲也可以接到上海住在一起，免去牵挂之心，但茅盾回上海的想法终因另外一件事没有实现。

　　这另外一件事，就是茅盾一家应盛世才之邀去新疆。

二十三、离开香港

　　在香港一次集会上，茅盾偶然碰见杜重远，杜重远向茅盾介绍了不少关于新疆的情况。

　　当时，杜重远半开玩笑半认真地说："像沈先生这样的名作家如果去新疆，号召力就大了。"

　　茅盾听后不置可否。

　　不久，萨空了和杜重远去了一趟新疆，他们回到香港后便动

　　①　茅盾：《我走过的道路》（下），人民文学出版社1988年9月版，第75页。

员茅盾去新疆。萨空了说："沈先生，我已答应杜重远去新疆，准备去办报纸。"

"上次我听杜重远说起了，这次去的情况怎么样?"茅盾听完萨空了的话，问萨空了。

萨空了说："依我看，香港物价高不去说，香港恐怕也不是久留之地，广州、武汉已经沦陷，这里迟早是要离开的，不如趁这个机会去新疆看看，住得惯就住它两年，住不惯就出来。其实，杜重远先生也是这个意思，希望你去新疆。"

"让我再考虑考虑。"茅盾说。

萨空了说："好！定了以后告诉我一声，我刚回来，家里一大堆事，我告辞了。"茅盾送到门口，说，"过几天给你准信吧。"

过了几天，茅盾迟迟没有答复，萨空了觉得自己再来说不大礼貌，有催促之嫌，便请杜重远出面邀请茅盾全家去新疆。

杜重远递给茅盾自己写的一本有关新疆的小书，叫《三渡天山》。"很粗糙，您有时间可以先翻翻。"杜重远说。

"好好，新疆的资料，现今市面上还真少呢，许多情况还是一知半解，你这本书，正好让我进一步了解了解新疆。"茅盾一边接书一边说。

杜重远走后，茅盾仔细地将《三渡天山》的小册子看了一遍，觉得新疆不愧是个好地方，杜重远在书中将新疆描绘得十分吸引人！

茅盾后来说："杜重远写的那本小册子，的确使我动了去新疆做事的念头。"

茅盾决定全家去新疆看看。女儿沈霞问他："爸爸，真决定去新疆?"

"那边有我认识的人在，我想住得惯就住几年，你的高中学业可以不要这样东奔西跑地学了，安定一点，如果可能也可以从那边直接去苏联读大学。"父亲茅盾将内心的想法告诉了女儿，"不过，这是我的如意算盘。"

"高中文凭拿到，就可以考大学了，爸爸在上海时就打算了，今年已经浪费半年时间了，到那边要补上的。"女儿沈霞说。

"是啊，这几年的折腾，把你的学业和阿霜的学业都耽误了，如果去新疆，条件许可，倒可以安心读点书，把损失补上。"父亲茅盾说。

茅盾和女儿细细聊起新疆来，受杜重远小册子《三渡天山》的影响，父女俩对新疆都充满憧憬。

"不过，亚男你现在也不要太用功了，这两个月恢复得还可以，过些天，我们去新疆的路上还是蛮辛苦的。"父亲茅盾见女儿常捧着书入神的样子，提醒道。

"好的，我会注意的。"沈霞忽闪着大大的眼睛，朝父亲笑笑说。

1938 年 12 月 20 日，茅盾一家离开香港。

离开香港前，沈霞对自己由阳台改造的卧室十分留恋。12 月 18 日，离开香港之前一个女同学来看望她，她牵着同学的手，在阳台上一起拍了一张照片，两个少女一脸灿然，依依惜别。

二十四、去新疆途中

茅盾一家离开香港了。

他们在香港坐"小广东"号法国轮船经越南海防、河内老街，奔波了七八天后，到达昆明。

从香港到昆明这一个多星期里，刚刚大病初愈的沈霞，经历了一次小小的旅行，增长了不少见识。

在越南海防，茅盾一家四口逛街时，发现路上行人的嘴里在嚼什么东西，嘴角还溢出鲜红的汁液，颇不雅观。

茅盾小声问妻子："德沚，他们在嚼什么？"

孔德沚看了看几个行人，摇摇头："不清楚，没有见到过。"

谁知，沈霞挽着父亲的胳膊插话说："爸爸，他们在嚼槟榔！"

茅盾一听，恍然大悟，笑着松开女儿挽着的胳膊，拍拍女儿肩膀说："对了，我怎么没有想到呀！南洋人是爱嚼槟榔的。"说完，又自言自语地说："原来嚼槟榔是这样子的呀。"

"亚男，你是怎么知道他们嚼槟榔的？"茅盾问女儿。女儿沈霞从来没有到过海防到过南洋。

"爸爸你忘了，聂耳谱写的《梅娘曲》中不是有'嚼着那鲜红的槟榔'的句子吗？"女儿沈霞不假思索地回答。

"爸爸你看，路边叫卖者篮子里卖的就是槟榔。"儿子沈霜看见有人在路边地摊上卖槟榔，便叫着让父亲看。

茅盾还来不及回女儿话，听儿子这么一说，一看，果然，卖槟榔的人还真不少，而且再仔细看，大街地面上尽是暗红色干迹，一朵一朵，估计都是嚼槟榔的人吐的。

1938 年 12 月 28 日上午，茅盾一家抵达云南昆明。住进昆明西南大旅社后，茅盾被昆明文艺界朋友拉去座谈会面去了，而沈霞和弟弟沈霜以及母亲孔德沚，因为一路劳累，一到房间，便倒头酣睡。

1939 年元旦这一天，茅盾全家在云南文协分会楚图南等人的陪同下，游览了昆明西山龙门，荡舟于滇池，置身在如诗如画的风景里，十多天的劳累也一扫而光。那天，他们还拍了不少照片。

1939 年 1 月 5 日清晨，茅盾一家和萨空了夫人金秉英及其女儿苦茶、苦荼，从昆明登上飞往兰州的飞机，因为旅途中多了苦茶姐妹，沈霞和沈霜认为这趟旅途好玩多了。

1 月 5 日下午 4 时 50 分，飞机徐徐降落在兰州机场。茅盾他们本来以为在兰州停留几天，即可飞新疆，岂料在兰州一待就是45 天，这大大出乎茅盾之前的意料。

沈霞、沈霜随父母待在兰州这一个多月里，去得最多的地方是兰州那些书店。他们常常去书店看书，偏僻的兰州书店里，当时有不少别的地方早已售罄的二三十年代的珍贵图书版本，让大作家茅盾和女儿沈霞、儿子沈霜欣喜不已！每次去书店，女儿、儿子都会帮父亲抱着一大堆书返回招待所。

等待是焦急的，但急也没有用，茅盾一家只能耐心等待去新疆的飞机。

在兰州等待进新疆的日子里，沈霞、沈霜对大西北风情颇有新鲜感，西北与东南沿海有着迥然不同的风光和风物，令他们流连，即使在严冬季节，他们仍在兰州各处走走，趣意盎然，兴致甚高。

有一天，大家相约去看黄河大桥，游览黄河，沈霞、沈霜和父母及张仲实、金秉英等一起去城北黄河边。当时黄河上唯一的一座铁桥就在兰州北边的黄河上，来兰州的人都要去黄河边看看这座铁桥。

此时正是隆冬季节，兰州的黄河水有一半结着厚冰，另外一半是滔滔急流，裹挟着上游冲下来的大大小小的冰块，冲过黄河铁桥，轰鸣着东去，甚是壮观。

黄河对岸是白塔山，也是兰州城北的一个风景点，因山上有建于元代重建于明代的白塔寺而得名。山上一、二、三台建筑群，依山势升高，错落有致，有牌坊、罗汉殿、三宫殿、三星殿、云月寺等建筑，由此被兰州人称为"白塔层峦"，是兰州旧时八景之一。

那天，茅盾一家和张仲实、金秉英等八个人兴冲冲地从黄河铁桥上走到白塔山下。回来时，茅盾、女儿沈霞儿子沈霜及张仲实四个人坐当时黄河有名的羊皮筏子回到南岸。

茅盾晚年还清楚地记得：

> 在铁桥下游百米处的河滩上，有背着皮筏子的艄公在那里兜揽生意——乘羊皮筏子渡河，每人一元。羊皮筏子是用九只吹足气的全羊皮囊，排列成长方形，用木棍交叉捆扎固定而成，上覆羊皮或毛毡，乘客就坐在上面，一只皮筏可乘五六人。皮筏下水后，由艄公掌舵，顺流渡向对岸。摆渡的地方，水流已经平缓，但水中央带的冰块仍旧不少，旁观者看来，这场面还是相当惊险的。①

---

① 茅盾：《我走过的道路》（下），人民文学出版社 1988 年 9 月版，第 102—103 页。

同去的金秉英孔德沚她们都不敢坐羊皮筏子，只好从铁桥上走回来，而茅盾、沈霞和沈霜、张仲实不怕，一起坐黄河羊皮筏子回来。

在兰州那些日子里，沈霞、沈霜常和萨空了的小女儿在招待所里一起玩，拍照片，还随父母他们第一次吃到西北风味的涮羊肉。作为南方出生的孩子，沈霞、沈霜对这种以肉代饭感觉很新鲜，热气腾腾边吃边煮，味道十分鲜美，让他俩欣喜不已，连连说"好吃好吃"。

而本来一直以为羊肉有膻味的孔德沚，吃过涮羊肉后也说："这羊肉没有膻味啊！"

在兰州，沈霞姐弟还尝到了大西北独有的另一种滋味：尘土飞扬、壮观的黄河以及牛粪取暖的烟霭。

二十五、终于到新疆了

1939 年 2 月 20 日，在兰州足足等了 45 天的茅盾一行人，终于登上去新疆哈密的欧亚航空公司的飞机。

但是，他们又在哈密等了半个月，直到 3 月 8 日，才坐汽车从哈密起程朝当时的新疆首府——迪化（即今乌鲁木齐）驶去。

一路上，沈霞姐弟和父母及其他一行人经过七角井、鄯善县、吐鲁番、达坂城等地，虽风尘仆仆，旅途劳累，但也饱览了新疆风光。

戈壁滩的壮观，坎儿井的神奇，火焰山的雄伟，左公柳的沧桑，让初到新疆的茅盾一家人大开眼界，他们内心多少有些不虚此行的感想，也暗暗觉得来新疆是对的。

当时新疆督办盛世才将茅盾一家安排在迪化南梁一个大院内一排洋式平房里，共有五间，一大四小，有地板，有双层玻璃，室内有俄式壁炉，冬天很暖和。

茅盾后来回忆说：

> 到迪化那天，盛世才亲自送我们到这寓所，并叮嘱勤杂人员好好工作。他对我说，今后一切生活上的问题，都由副官处解决。他指了指面前一位三十多岁的军官说，他就是副官长，名叫卢毓麟，有事您就找他。果真，后来在新疆的一年中，除了添衣服、买小菜和日用杂支外，其他生活需用全由"公家"供给，而工资还照发。这可以算是我第一次享受"供给制"的待遇。①

杜重远还写了一首《欢迎沈雁冰、张仲实教师之歌》，欢迎茅盾、张仲实到新疆工作。

但是茅盾一家进入新疆后，当茅盾了解了新疆，了解了盛世才，立刻感到目前所有的"安定客气"背后蕴含着的凶险，觉得自己有生以来走了一步险棋，而如何走稳以后几步，如何走出新疆，成了刚到新疆个把月的茅盾辗侧难眠的一个难题。

同时茅盾发现女儿沈霞需要读大学，但新疆却没有大学可读，去苏联留学更是自己一厢情愿的事。儿子沈霜读书也没有好学校。

到了新疆，才知道新疆的教育程度以及一些政策与沿海地区

---

① 茅盾：《我走过的道路》(下)，人民文学出版社 1988 年 9 月版，第 119 页。

相差甚远，20世纪30年代初全疆的学龄儿童能享受教育的仅占3％左右，一个县不过一二所小学而已，中学以上的学校在迪化也只有三所，即新疆俄文法政专门学校、省立中学、省立师范学校。

1939年的新疆，大学只有新疆学院，而新疆学院不招收女生。而更让茅盾头痛的是，按照新疆当时的政策，高中毕业就应该参加工作，像女儿沈霞既然没有大学可上，便应参加工作，儿子沈霜虽可以继续读中学，但中学教学质量比起内地要差许多。

面对这样的情况，茅盾几个晚上都转侧难眠，最后下了决心，让女儿、儿子在家自学俄文，以后有机会让女儿、儿子去苏联。他说：

> 两个孩子都大了，女儿高中毕业，儿子初中毕业。新疆学院不收女生，女孩子没有大学可上。按当时迪化的惯例，高中毕业的女儿应该工作了，我的儿子则可以继续上学。但孩子们没有政治经验，为防意外，我决定两个孩子都留在家中自学。
>
> 我请"归化族①文化促进会"的会长为我介绍一位归化族的俄语教师。他请来了一位中年妇女，但不懂汉语，也没有课本。幸而我在兰州买了那本英文解释的俄语读本，这时起了大作用，正好亚男和那位教师粗通英文。儿子不懂英文，但也没有别的办法，只好跟着学。②

此时沈霞正是如花似玉的年龄，加上她优异的成绩，已经成

---

① "归化族"在新中国成立后改称俄罗斯族。

② 茅盾：《我走过的道路》(下)，人民文学出版社1988年9月版，第124—125页。

为一个极具文化气质并富有涵养的江南大姑娘。而沈霜虽小一些，但也快长成男子汉。

　　茅盾看着一儿一女跟着自己生活在险恶的环境里，内心十分焦虑，但更让茅盾揪心的，还是女儿和儿子的学业。

二十三、列那和吉地

　　1939年6月，茅盾夫妇曾托人带信给已在苏联的杨之华，能否想想办法将沈霞、沈霜两个孩子带到苏联去学习。结果，杨之华表示自己无能为力。茅盾夫妇一厢情愿让孩子去苏联学习的梦想破灭。

　　1939年12月，茅盾又做过一次为儿女去苏联学习的努力，仍旧没有成功。

　　沈霞在家里自学俄语，十分刻苦，但沈霜却学不下去，认为整天待在家里自学非常乏味。后来邻居送来两只小狗，给沈霞姐弟俩增添了些许塞外生活的情趣。

　　事情是这样的：

　　茅盾一家搬进南梁后不久，一天，沈霞忽然看见厨房里有条小狗，她跑到母亲孔德沚房间告诉母亲："那么小，两颗碧绿的眼珠亮晶晶的，好像很懂话，全黑的，一身的紧毛。"

　　沈霜一听厨房里出现一条小狗，赶紧往厨房里跑，还去了解了这只小狗的来历。不一会儿，沈霜也来到母亲孔德沚房中，对母亲和姐姐说："大司务说是勤务员在马路上捡来的，其实恐怕是偷的，勤务员不敢放它出房门一步。"

姐弟两人的一阵议论，说得母亲孔德沚心动起来，于是她也去厨房看看那条突然冒出来的小狗。

再后来，沈霞又去厨房看那条小狗，厨房里专门挑水的清洁兵老王告诉沈霞说："这狗娃子想回去哩，狗娃子想着老主人啊。"话说得沈霞鼻子一阵一阵发酸。

沈霞和那条小狗玩了一会儿，回去对母亲孔德沚说："这小东西呜呜地叫，就是恳求你，它要回去。"

一旁的沈霜说："等爸爸回来，让勤务员把它送回去，偷人家的狗是不道德的。"

"不行！"沈霞说，"勤务员会把这个小东西放到别处去，他怎么肯送还呢？"

"那就打听打听，是邻近哪家丢的，叫他们自己来认了去吧！"孔德沚说。

大约过了两天以后的一个上午，那小狗与沈霞姐弟俩混得也熟了，小狗的主人——马路对面苏联领事馆附近的一个苏联胖女人寻过来，那条小狗听得胖女人的声音立刻愉快地叫了起来。沈霞赶快过去看个究竟，那小狗也向沈霞表示亲热，在沈霞跟前跳着，呜呜地叫，一副兴奋的模样。这是这个小东西几天来最开心的时刻。沈霞弯下身子，拍拍这小东西。

胖女人说了一大堆话，大家都莫名其妙听不明白，这时一个与他们同院住的妇女走了过来，充当翻译。沈霞和母亲孔德沚听出个大概，意思是非常感谢，但家里的小弟弟很爱这条狗，所以得让它回家。

沈霞姐弟俩依依不舍地目送胖女人心情舒畅地抱着小狗离去。姐弟俩转身回到屋里，又走到厨房，心里都觉得空落落的，有些许惆怅。

让沈霞想不到的是，当天下午，那胖女人又来了，抱着另外一条小狗，还带了一位真正的翻译，说这只小狗是送给沈霞的。

小狗也是黑色的，一身的紧毛，比猫大不了多少，放在桌子上，木然地站着，一对棕色眼睛老是"贼乎乎"地看着陌生的房子和陌生的人。

翻译说它是上午被胖女人领回去的小狗的弟弟，才一个月大，女人因为它的哥哥失而复得，所以拿它来给沈霞姐弟做报答。

母亲孔德沚表示不用谢，说我们东奔西走不养狗。可是那翻译代那胖女人说了许多感谢的话，非要让孔德沚收下这小狗。

送走客人，孔德沚转身对沈霞说："亚男，你去管它罢。管教一条狗也不大容易呢。"

沈霞笑了，兴高采烈地抱着那条小狗回到自己房里，弟弟沈霜则跟在后面。

"应该给它取个名吧。"沈霞一边捋着狗毛，一边对弟弟说。

"妈妈叫你管，你就给它取个名吧。"沈霜说。

沈霞说："那就叫列那。"沈霞正在学俄语，便随便起了个具有俄罗斯风味的名字。

"列那，列那！好听。"沈霜非常赞同。

此后，姐弟俩在自学空余，便逗着列那玩，教它这样，教它那样，像调教小孩一样和列那逗和玩。可是这列那傻傻呆呆的，就是随他们去，两只眼睛虽然"贼乎乎"地看着沈霞姐弟，身子却无动于衷。

当时在茅盾家服务的老勤务员不喜欢"列那"，说它"一脸贼相"。

大约一个星期后，一位哈萨克族邻居的老婆婆很热情地又带了一只小狗来，送给沈霞、沈霜。她说"列那"样子不大好，所以她将自己家里这一只小狗送来。

因先有的那一只小狗归沈霞了，这一只小狗自然就交给沈霜喂养，沈霜十分欢喜地接过来，道过谢后连忙抱回自己房里。

这时，列那见新来了一个伴，居然也欢快地奔来跑去。沈霜说："姐姐，这条小狗你也给取个名字吧？"

"归你啦，你就给取个吧。"沈霞说。

沈霜想了想说："我到书里找个名吧。"说完，找出一本俄罗斯小说，翻了翻，转身对姐姐沈霞说："姐姐，这小狗名字就叫'吉地'吧！"

"不错呀，列那，吉地，很有俄罗斯风情啊。"沈霞一听，连声称好。

茅盾后来在他的一篇作品中这样描述"吉地"初来时的情形：

> 吉地那时和列那一般大，棕黄色的软绵的卷毛，可是尖嘴巴，两只阔耳朵，垂在眼睛两旁。呆木木的，好像什么也不懂，它那灰色的眼睛可以说毫无表情，而且很怕事；吃饭的时候列那独自占了食钵，不让吉地上前，吉地就蹲在一旁，静静等候列那吃完了它再上去吃列那拣剩下来的东西。①

由于吉地害怕列那，所以沈霜有时将吉地拉到食钵前，但常常是沈霜手一松，吉地还是退到一边，不敢和列那一起吃，惹得沈霜直嚷："没出息的家伙！胆子那么小！"

---

① 《茅盾全集》，黄山书社 2014 年 3 月版，第 377 页。

二十七、离开新疆

冬天到了，新疆的冬天格外寒冷，天一阴立刻飘飘洒洒地下起雪来。不一会儿工夫，整个迪化已是银装素裹。厚厚的积雪，天气的阴冷，让南方来的茅盾一家觉得格外寒冷，幸好屋里有壁炉，在屋中穿一件毛线衣还觉得热。

新疆的冬天也颇有情趣，当时交通工具——汽车不多，到处是厚厚的积雪，雪橇即爬犁，是主要代步工具。

下大雪之后，爬犁是迪化的一景。那年入冬第一场大雪过后，茅盾带着女儿和儿子去尝试坐爬犁的感觉。在凛冽的北风里，迪化周边的山上，一片银色，皑皑白雪覆盖在迪化城内外。

在卢副官和几个服务人员的陪伴下，茅盾及儿女来到南关，在一片雪地里，坐在爬犁上。沈霞姐弟兴奋不已，呼朋唤友，全然忘了当时身处危机重重的迪化，而茅盾也随着儿女们的兴奋而欣喜。后来，他写的《新疆杂咏》中有这样两首诗：

> 纷飞玉屑到帘栊，
> 大地银铺一望中。
> 初试爬犁呼女伴，
> 阿爹新买玉花骢。

> 晓来试马出南关，
> 万树银花照两间。
> 昨夜挂枝劳玉手，
> 藐姑仙子下天山。

新疆的天气在一天天变暖，列那和吉地也在一天天长大。

一次，茅盾去新疆文化协会办事时，吉地要跟着；还有一次，茅盾去看望从内地来的赵丹他们时，吉地也悄悄地跟在他的后面，不过这次一进招待所大门，就满院子跑，开心得不得了，而院子里的小鸡一个个吓得魂飞魄散乱飞乱叫，连一个朋友的小孩都被吓哭了。

茅盾没有办法，本来是拜访朋友，现在却要先将吉地安排好。茅盾让人用绳子将吉地绑住，拴在一边。

岂料这一绑一拴，把吉地吓得半死。茅盾办完事解绑带它回家时，吉地一直都在哆嗦。

回到家里，茅盾把去招待所时吉地的表现说了一下。"看见吉地发抖，这倒是第一次。"茅盾边吃边对沈霞姐弟说。沈霞姐弟再看吉地，觉得不懂事的吉地好像懂事了。

列那和吉地成为茅盾一家在新疆时沈霞、沈霜生活中的一部分。它们天真的举动给姐弟俩寂寞的居家自学生活带来了欢乐，它们的顽皮也让姐弟俩多了些热闹。

有一次，沈霞和列那一起合影，照片中列那乖乖地蹲在沈霞脚下。这是我们现在能见到的当年给沈霞姐弟俩慰藉的小狗列那的唯一照片。

后来，茅盾母亲陈爱珠在乌镇去世，茅盾借此带家人准备离开新疆回家乡奔丧，他们一家便议论怎么安排朝夕相处的列那和吉地。

近一年来，茅盾时时在寻机离开新疆回内地，现在因母亲逝世，终于有机会离开了，但是列那和吉地的安置，却成了沈霞、沈霜姐弟心理上一个挥之不去的阴影，乃至茅盾夫妇，也对这两只小狗有点恋恋不舍。

孔德沚又想起离开上海时养的那只白猫，她对沈霞姐弟说："那天爸爸和你们到长沙去了，我一个人在家，天上下着雨，飞机老在沪西一带盘旋，大炮声没有一分钟间断。我开了收音机，听着广播，心里愁得什么似的。当时伴着我的就是那只白猫。它蹲在靠窗的桌子上，也像在听无线电的广播。到今天，我还清晰地记得，这印象太深了，我永远不会忘记的。"孔德沚说得很伤感，这种伤感也感染着茅盾和沈霞、沈霜姐弟俩。

突然，沈霞俯下身子，抱起蹲在脚边的列那，很激动地说："列那，明天要送你到别人家去了，你知道么？"话没有说完，眼泪已在沈霞眼眶里打转了。

沈霜见状，心里难过，走开了。

终于，茅盾一家决定把列那送给剧团的朱今明，把吉地送给陈培生。

列那送到朱今明家以后，沈霞整天都无精打采，心里老想着列那，想着它一年来在自己身边的种种快乐，想着想着，忍不住打电话给朱叔叔，问列那到那边习惯不习惯。

朱叔叔说，列那第一天就想着要回家，并偷偷地跑出去，因为不认识路才又回来。

沈霞抱着电话听到这里直掉眼泪。第二天，母亲孔德沚带了女儿、儿子专门跑到剧团去看列那。当孔德沚和沈霞姐弟走到剧团的宿舍院子里，听到熟悉的脚步声，被朱今明关在房子里的列那就呜呜地叫了起来。

列那被放出来后，无比亲热地绕着孔德沚和沈霞、沈霜三个人跳来跳去，直立起来舔他们的手，不住地呜呜地叫，好像还落下眼泪。

看着列那这样子，孔德沚和沈霞姐弟更加难过，没有办法，孔德沚只好让朱今明将列那骗开，三个人逃也似的离开了剧团。从此，沈霞姐弟再也不敢提出去看列那的要求了。

有一天，沈霜进城买东西，在一个十字路口看见了列那。它蹲在路边，样子很疲倦，好像已经出来一夜半天了，似乎在等茅盾他们一家马车的路过。因为茅盾的马车列那是认识的。

沈霜见状，忙把它抱回剧团，列那呜呜地叫，不肯回剧团，弄得沈霜鼻子发酸。

而吉地送到陈培生家的时候，吉地似乎也感觉到了什么，因而终日恹恹地躺在地毯上。只在孔德沚和沈霞姐弟来向陈太太告别时，无精打采的吉地才突然吃惊地一跳，两眼泪汪汪地望着他们不吱声。

列那和吉地伴着茅盾一家人度过了新疆那段度日如年的岁月，也让生活在险恶环境里的茅盾一家人多了一点生活情趣。

1940年5月5日，茅盾一家终于借奔母丧为由离开新疆，上午"九时飞机离开跑道冲向了蓝天，我望着舷窗外起伏的天山山峦，一阵难以描述的轻松感充溢了全身。是呀，应该让我那绷紧的神经松弛松弛了，我们总算逃出了迪化！"[1]这是晚年茅盾在回忆新疆惊心动魄岁月后写的几行文字。

茅盾终于带着妻子、女儿、儿子离开了新疆。

---

[1] 茅盾：《我走过的道路》（下），人民文学出版社1988年9月版，第188页。

下　篇

牵挂的岁月

二十八、到延安去

1940 年 5 月 26 日，这是一个令茅盾一家兴奋和难忘的日子。这一天，茅盾一家到达革命圣地延安。

延安，中国 20 世纪的革命圣地。20 世纪 30 年代中国革命精英集聚在陕北的古城延安，从事伟大的民族解放事业。延安有一条宽阔的河流，被亲切地称为延河，延安城南有一座山，上面矗立着一座宝塔，成为延安的象征。

延安，还是 20 世纪三四十年代全国革命青年心中向往的地方，凡是从全国各地来延安的有志青年，分别进抗大、中国女子大学、鲁迅艺术学院、陕北公学、泽东青年干部学校等学校，经过短期培训之后，又分配到全国各地从事革命工作，所以，当时又称延安是革命大熔炉。

茅盾仍穿着长衫，而沈霞和沈霜从西安出发时就穿了八路军的军装。他们此时已是大姑娘、小伙子了，穿着军装英姿飒爽，十分精神！

5 月 26 日下午 2 时，茅盾一家到达延安南郊七里铺，茅盾夫妇和沈霞姐弟都兴奋得忘记了一路上的疲劳。

到了这充满阳光、自由的土地上，茅盾夫妇仿佛回到了年轻的时候，精神振奋，焕发出工作激情，洋溢着喜悦和兴奋！

在延安的南门外，在欢迎的人群里，沈霞姐弟见到了婶婶张琴秋，此时的张琴秋已是延安中国女子大学教育长。

张琴秋既是沈霞姐弟的亲婶婶，又是沈霞姐弟心目中的偶像。

张琴秋是桐乡石门镇人，早年曾在浙江杭州读书，后来去上海爱国女学、上海大学读书，在茅盾夫妇影响下，投身革命，和沈霞姐弟的叔叔沈泽民相识，并于1924年与之结为夫妇。后来，两人先后去莫斯科中山大学求学，懂英文、俄文，1930年回国之后，两人又去鄂豫皖革命根据地工作。1933年11月20日沈泽民病逝，后张琴秋来到延安。

"啊，这是亚男呀？长成大姑娘啦。"张琴秋欣喜地拉着沈霞的手，叫着沈霞的小名。

"婶婶，八九年没有见了，您好吧？"穿着八路军军服的沈霞，成熟得活像一个年轻的女八路！见到亲人，她一脸灿烂。

"琴秋！"孔德沚拉着张琴秋的手，话音未落，眼泪已在眼眶里打转了。

"阿嫂一路辛苦了！"张琴秋按家乡习惯问候孔德沚。

妯娌俩亲热地聊起一路上的情况，以及1931年上海一别后的境况。

孔德沚把婆婆陈爱珠上半年刚刚在乌镇去世的事告诉了张琴秋，张琴秋说："妈妈是位了不起的人呀！"生离死别见多了的张琴秋回想起婆婆陈爱珠的一生，也是无限感叹。

"婶婶好！"沈霜也挤到张琴秋面前问候。

"呀！这是阿霜？长成小伙子了，认不出了。"张琴秋收住伤感的话头，拍着沈霜的肩膀，笑道。

前来迎接茅盾一家的许多人陪着茅盾一家，一起坐车进延安。

茅盾一家被送到延安城南门外的交际处休息，晚上又去参加欢迎宴会。对此，茅盾曾说："这是近百人的大宴会，菜肴虽无山珍海味，却也鲜美可口；更为突出的是宴会的气氛不同一般，大家无拘无束，笑语满堂。"①

这样的气氛，这样的场面，让从新疆逃出来的茅盾一家人，备感亲切，备感温暖，备感振奋！

此时的沈霞姐弟，目睹这样的场面，暗下决心要将自己的青春献给中国革命，献给这壮丽的伟大的民族解放运动。

而沈霞此时最迫切的心情，是渴望学习革命知识，尽快投身于延安的革命洪流中！

二十九、姐弟重新上学

第二天早上，太阳从黄土高坡上升起，蔚蓝的天空显得更加洁净，5 月的延安格外美丽。

茅盾一家在窑洞里第一次吃到了陕北的小米粥。沈霞闻了闻热气腾腾的小米粥，连说"好香好香"。

沈霜闻了闻，一股香气扑来，连忙俯下身子尝了一口，觉得淡而无味，伸出舌头连连说："哎呀，不好吃不好吃，闻闻香的，吃吃不过如此！"此时，沈霞刚喝了一口，皱了皱眉头，没有说什么，咽了下去。

这一切，茅盾都看在眼里。

"阿霜，亚男，这小米粥在陕北，在延安，可是好东西啦，第一次吃，可能感觉味道不怎么样，但香呀，有营养呀。在上海也是难得吃到的。"

---

① 茅盾：《我走过的道路》(下)，人民文学出版社 1988 年 9 月版，第 204 页。

沈霞插话道："爸，是好吃的。开始有些不习惯，多吃几次，就习惯了。"

"是啊，今后你们不但要习惯于喝小米粥，还要习惯于吃小米饭。我和你妈都想在延安长住下去，延安的大学又多又好，等你们大学毕业后再做下一步计划，所以你们要习惯这里的生活。"茅盾坐在桌子边，耐心地和两个孩子沟通交流。

"爸爸放心，这点是没有问题的，现在刚开始，过些日子会喜欢的。"沈霜听完父亲的话，笑起来了。

5月的延安已是阳光灿烂，上午10点光景，窑洞口的平地上洒满阳光。张琴秋快步走进窑洞，茅盾一家喜出望外。"怎么样，昨天休息得还好吗?"张琴秋见到茅盾他们后，笑着问道。

"好，好，琴秋呀，你这么早就过来了。"孔德沚知道中国女子大学离现在他们住的南门交际处还有不少路，便关切地问道。

"坐吧。"茅盾一边给张琴秋倒水，一边让座。

"下一步，阿哥阿嫂有什么打算啊?"张琴秋仍用过去在家乡时的习惯叫着茅盾和孔德沚。

"我去新疆一年多，荒废了不少时间，这次想在延安参观参观之后，去下面看看，到抗战第一线了解抗日的形势，再写点东西。"茅盾说。

"好啊。"张琴秋说。

"我想在延安住下后，亚男和阿霜就在延安读书。你在延安，了解情况，看看他们读书的事怎么办。"茅盾问张琴秋。

张琴秋说："我看，阿哥，亚男去中国女子大学，阿霜去泽东青年干部学校。女子大学专门培养女青年，这对亚男很合适；阿霜去青年干校，主要是这个学校的学生来源比较单纯，都是没有社会经验的青年学生，这比较适合阿霜。"说完，她朝边上的沈霞、沈霜笑笑，问道："怎么样？"

沈霞点点头，说："婶婶的建议我赞成。"

不料沈霜却不同意，他说："青年干校我不去，我去陕北公学。"原来，沈霜来延安前，只知道有陕北公学，而没有听说过泽东青年干校。

"行，去了不适应再换吧。"张琴秋说。

就这样，沈霞进了中国女子大学，沈霜进了陕北公学，而茅盾夫妇去了鲁迅艺术学院。

在鲁艺，茅盾住了四个月。星期天，有时女儿、儿子从女子大学、陕北公学回到父母身边，到桥儿沟东山脚下的住处和父母团聚一天。

如今留下的1940年9月沈霞和父母在延安桥儿沟的合影，就是当时星期天沈霞去鲁艺看望父母时拍摄的。

在延安的日子里，茅盾前所未有地心情舒畅，精神昂扬，所以日子过得也很快。1940年10月，因为工作需要，茅盾夫妇要离开延安，去重庆，茅盾拜托张琴秋等照顾沈霞、沈霜姐弟，并再三叮嘱一双儿女应注意的事项。

"四个月来，孩子们已在集体环境中生活得融洽无间，对我们的离去并不留恋，倒是德沚哭了两场。"①茅盾后来回忆说。

---

① 茅盾：《我走过的道路》（下），人民文学出版社1988年9月版，第228页。

三十、姐弟俩的延安生活

10 月 10 日，茅盾夫妇离开延安，女儿沈霞、儿子沈霜在欢送的人群里向父母挥手致意。

但是茅盾夫妇做梦也没有想到，这次与女儿沈霞延安一别，竟是一次天人永隔的别离，竟是最后一次听到女儿甜甜的"爸爸再见！妈妈再见！"的声音。

茅盾夫妇离开延安后，沈霞、沈霜姐弟在朝气蓬勃的延安过上了集体生活。虽然没有在父母身边方便，生活也很艰苦，但在一群充满理想的年轻人中间，确是十分热闹和融洽。

沈霞在女子大学里，学习十分用功，学习革命理论常常废寝忘食，弄得张琴秋时时提醒她要注意身体。

延安中国女子大学的校址在延安城北面，延河东边，在王家坪、杨家岭之间的山坡上。

中国女子大学校歌颇为昂扬：

我们是妇女先锋，
我们是妇女榜样，
来自不同的四面八方，
在女大亲爱的欢聚一堂。
女大是我们的母亲，
比母亲更慈祥；
女大是我们的太阳，
比太阳更光亮。

要努力学习工作方法，

学习理论武装，

学习职业技能，

学习道德修养。

我们要深入农村工厂，

我们要英勇地走上战场，

一个个锻炼得如铁似钢，

争取民族社会和妇女的解放。

这首歌后来经冼星海谱曲后，成为延安中国女大广为传唱的革命歌曲之一。

沈霞经过考试，进了女子大学六班学习。

沈霞因为文化水平高、有外语基础而且能唱会说，6月进入女子大学后，立刻成为学校中的佼佼者，也很快和同学打成一片。

据她的女大同学、著名摄影家侯波回忆："沈霞同志在班上性情活泼，学习上生活上和同学的关系都很好，长得很漂亮，但没有骄傲气，大家很喜欢她。学校组织一些活动，她都积极参加，所以大家都认识她。"①

当时女子大学实行的还是军事化的管理，每天早晨吹军号起床，到延河边上去跑步，然后是一天紧张的学习和劳动。而且学习条件也非常艰苦，老师在黑板上写，学员拿一个小板凳，在膝盖上做笔记。吃的也艰苦，吃饭一般在露天，都是小米饭加土豆或白菜，很少的油水。生活日用品也很简陋，大家都穿灰色土布

---

① 据侯波同志 2005 年 11 月 5 日致笔者信。

衣服，夏天一套单衣，冬天一套棉衣，一穿就是好几年。

但是，即使这样，沈霞还是觉得女子大学的集体生活以及中央领导来女大讲的课，让她受益匪浅！所以，几个月下来，沈霞已在女子大学这个大集体里，和同学相处得十分融洽，已完全融合在延安的革命大家庭里了。

每逢星期天，沈霞总要等待在陕北公学读书的弟弟沈霜的到来，姐弟俩星期天像回家一样到婶婶张琴秋住的窑洞去，而张琴秋则总要拿出最好的白面做馒头，做红烧肉给沈霞和沈霜姐弟吃，让姐弟俩改善一下伙食。

在延安，张琴秋是沈霞姐弟俩最亲近的亲人，所以沈霞在延安有什么生活上、学习上、工作上和思想上的事，都愿意向张琴秋倾诉。

张琴秋对沈霞姐弟，从生活上、政治上、学习上给予了无微不至的关怀，看到他们的成长、成熟、进步，张琴秋感到欣慰。

三十一、才女沈霞

在中国女子大学，沈霞是个"才女"，既聪慧漂亮，学习成绩又优异，但成长中的沈霞也常常遇到一些问题。

有一次延安要召开青年参议会，各地各机关学校要选青年参议员。沈霞所在的班也开始选举，结果，沈霞、班长李素和另外一位同学当选。当沈霞看到自己当选为参议员时，竟着急了。很有些完美主义的沈霞觉得自己没有能力来当参议员，在她的认识和理解里，参议员是德高望重、能说会道的人，她觉得自己不够格，于是，当选举结果一公布，她当即在班上提出："我坚决不当！"一时班上像炸开了锅一样，指责沈霞的有，讽刺挖苦的有，好心劝导的也有。

在班会上沈霞据理力争。没有办法，当天的选举会不欢而散。但事情还没有解决，还没有完，同学们仍选沈霞为参议员，但沈霞就是不当，事情僵在那里。隔了两天，支部书记找沈霞谈话，开导和说服她，谈了半天，仍没有效果，最后支部书记只好说："如果你一定不干，我们也可以另选。"这时，沈霞忽然觉得自己对此事有点"想得太多"，于是勉强允承下来。

后来，班长李素又给沈霞做了许多思想工作，告诉沈霞："当参议员并不是你想象的那么难，也并不是每个参议员都要上台去演讲的。"同时，为了消除沈霞的顾虑，李素还带沈霞去听了一次有关参议会做的报告，并给沈霞鼓劲，说参加参议会，对自己有很大帮助。

经过班长和支部书记的耐心帮助和开导，沈霞终于解开了心中的疙瘩，愉快地接受了当青年参议员的任务。后来沈霞进延安大学后，在日记中是这样解剖自己的：

这件事，我所以不愿干，从思想上来说，还是自己的好面子心理，强调自己能力不够，干不好。作为一个参议员去参加，而且要上台在几百人面前说话，这事，自己觉得能力不够，一定弄不好，因此也一定要丢脸，要丢脸不如不去干。于是乎，为了面子，不知从哪里跑出很多勇气来，硬犯错误，就是不接受。任性，强调个性是我本来有的，而都是直接由好面子的心理支持着。如果没有这种心理，我看也不见得就能坚持，任性。

那时的心理是很觉得委屈的，觉得大家不体谅自己，不管别人困难。因此也涉及对当时的民主选举不满，觉得这种选举是谈不到什么民主不民主的，是推卸责任，轻率的，这种民主选举是为我当时所看不起的，不愿服从的。在后来，过了二天，心绪很不好，因为虽然任性宣言不干，可是另一方面又觉得这是大家选的，应该做，等等，矛盾得很。……

这回事，在我心中是斗争得很厉害的，还为它哭了两次。不过经过这一次以后，自己的对工作的不正确看法，基本上是纠正过来了。而且因为在理论上有了加大的力量，以后再发生时，也可以用这个对工作的正确认识来克服自己怕失败爱面子的心理了，因此，以后我也就没有发生过强调能力，怕失败而不肯干的事了。①

这就是沈霞！一个女青年心理成长历程的一个缩影！她率真，求实，她真诚，纯正。从不愿当青年参议员到勉强担当到认识提高，20岁的沈霞在中国女子大学这所大熔炉里茁壮成长。

原来沈霞深受父亲茅盾的影响，认为每个共产党员都应该像自己的父亲、自己的叔父以及父亲二三十年代那些革命老朋友那样崇高、无私、博大！她向往着加入党组织，共产党员的形象在年轻的沈霞心里是伟大的崇高的。

在中国女子大学的日子里，沈霞与同在一个班——六班的陈含、杜小彬等人一起去参加合唱团唱歌，并在合唱团认识了民族学院的也在合唱团的马寅，马列学院俱乐部主任、合唱团团长姚

---

① 据沈霞日记，由韦韬先生提供。

铁等同志，其中，沈霞与陈含、杜小彬、马寅四个人在合唱团里最为投缘，私下宣称要建立真正的纯真的友谊，成为真正的朋友，在学习、生活中"彼此了解，彼此体贴帮助"。

合唱团的经历，成为沈霞到延安后最早认识男同志的一个渠道。充满朝气的延安，到处是歌声，到处是青年们的笑声和激情。

沈霞在中国女子大学的日子并不长，一年多一点时间，但那是沈霞真正走向社会的第一个人生驿站。在那里，沈霞学到了革命理论，进入了革命队伍，体会到人生独立的滋味；在女子大学，她感受到了革命大家庭的温暖，这个充满革命理想和在都市里长大的女青年，逐步在艰苦的环境里锻炼成长。

而沈霜进陕北公学 60 队学习三个月后，转到新成立的陕公文艺工作队（又称 61 队），两个月后全队搬到陕公沟口的蒙古文化促进会，这个文艺工作队后来归属西北局，所以又称"西北文工团"，此后，沈霜一直在西北文工团工作学习。

三十二、家书抵万金

1941 年 9 月 20 日，中国女子大学和其他一些大学合并，成立延安大学。沈霞就进入延安大学继续学习。

延安大学的学风是：

自由思想，实事求是

埋头苦干，遵守纪律

主动自治，团结互助

沈霞由于在新疆时学过俄语，俄语已有一定基础，所以经过考试，顺利考进延安大学俄文系。

俄文系在延安大学是很受重视的一个系。沈霞进入俄文系后，以她的聪慧和优异成绩，以及她对革命工作的热情、开朗活泼的性格和对公事的负责精神，受到同学们的推崇，她担任了小组长、系里唱歌教员、延安大学学生总会总常委等学生工作职务，这使沈霞的社会活动才能得到进一步的发挥。

在延安大学俄文系，沈霞认识了同是文学爱好者的来自鲁艺的同学萧逸。很快，两人由相识到相知到相恋，渐渐地，本来话语不多的沈霞和萧逸，在一起时仿佛有说不完的话，情投意合的两个年轻人相恋并相爱了！

萧逸是江苏南通竹行镇人，1915 年 6 月生，中学毕业后，因家庭经济困难，没能升学，后来到上海乐器厂当工人，制作口琴和钢琴。

抗战刚开始，萧逸就投奔延安，进鲁艺学习，成为鲁迅艺术学院文学系的第一期学员。延安大学在 1941 年秋开办俄文系后，萧逸考进俄文系，和沈霞都在俄文系的高级班里。

萧逸和沈霞都是学校里的文娱活动积极分子，沈霞吹得一手好口琴，而萧逸则是口琴制作的行家里手。

共同的文娱爱好，共同的理想，共同的志向，坠入爱河的沈霞和萧逸和普通青年男女一样，热恋中充满甜蜜，充满憧憬。

沈霞在 1942 年 1 月 14 日的日记里，记下了对萧逸的态度："近来，我的确太相信一个人了，细细推考起来，那么，我现在和萧逸是最好的，最亲密的关系，而事实上彼此都做得非常不够。"①可见，沈霞和萧逸的恋爱是在延安大学俄文系开始的。

　　然而，尽管延安生活丰富多彩，学校学习、生活都十分紧张，但远离父母，一个女青年自己的学习自然由自己把握，但真找对象了，要谈恋爱了，要选择终身伴侣了，此时二十出头的沈霞自然想到远在香港、桂林奔波的父母。她多么渴望自己能向充满智慧和慈爱的父亲诉说自己的学习和理想，倾诉自己心中的恋爱对象，也多么想和父亲讲讲自己对延安人和事的看法，多么想让父亲能给自己有所指点。沈霞也多么想和妈妈说些女孩子方面的事情，多么想和妈妈撒撒娇，尝尝妈妈亲手做的乌镇菜。

　　当然，延安也有许多关心沈霞姐弟的长辈和首长。

　　在延安有不少茅盾文坛上的朋友，如以记者身份来延安的陈学昭等，他们也在关心着沈霞姐弟俩。

　　但一个女青年的许多心事，并不是随便找个人就可以倾诉的，所以沈霞太想父母了，有时甚至想到不可克制的地步，哪怕闻到一种气味，沈霞都要勾起对家对父母的眷恋和思念。

　　1942 年 1 月 14 日这天，沈霞记下了一个远离父母的女儿内心对父母的思念：

　　　　这几日老想到爸爸妈妈，而且有点克制不住，也想到'家'，迪化的、香港的，脑中总想到那些地方的样子，而且

<hr>

① 　沈霞：《延安四年（1942—1945）》，大象出版社 2009 年 3 月版，第 9 页。

也好像嗅到那一种气味了。这有点妨碍我的精神，只是真的怪想念爸爸妈妈的呀！①

由于当时通信困难，有关茅盾夫妇行踪的谣言时不时传到延安沈霞姐弟两人的耳朵里：其中有一条说太平洋战争爆发后，茅盾逃出香港时受了伤。

1月26日沈霞听到这条传闻后，一天中都恍恍惚惚的，到了晚上，沈霞竟做了一个梦。

她梦见父亲的右手臂从香港逃出来时被炸伤了，不中用了！啊，右手不中用了，作为作家，怎么写小说啊，怎么写文章啊，沈霞觉得天旋地转了。这时忽然收到父亲茅盾发来的电报，告诉她，右手不中用了，有些文章想写也写不了，只好请你回来，只有你才能帮助我把这些文章写出来。一会儿又忽然见到父亲，用绑带吊着右臂，十分痛苦，见女儿来了，才展愁眉，笑道："亚男，来得这么快？你把笔、纸拿来，你帮助爸爸写完这篇小说。"

沈霞正要问："爸爸，妈妈呢？"母亲孔德沚就从厨房间里开门出来，说："亚男啊，我正在烧菜呢。"沈霞好久没有听到妈妈的声音了，觉得怎么这么熟悉啊。正在想时，弟弟沈霜闯进来，高声说："姐姐你怎么不告诉我一声就走了？班上同学都在寻你啊?!""啊哟，我怎么忘了请假啊，不好！"

一急，沈霞醒了，睁眼看看窑洞外的天空，发现自己依然是在延安大学俄文系的宿舍里，原来她做了一个梦。

4月份，沈霞听说爸爸妈妈已到桂林，传言说快到延安了，沈霞十分高兴，她在4月16日的日记中写道：

---

① 沈霞：《延安四年（1942—1945）》，大象出版社2009年3月版，第9页。

128

听说爸爸已到桂林，而且就要来这里，这真高兴，希望他们快来吧，一定会带很多东西给我们玩的。有个家，是好的。这个家将是我和他共有的，我想他在这家里一定不会感到陌生的。①

沈霞对传言父母到延安，充满了想象和憧憬。可是到 4 月底，还没有父母来延安的消息，沈霞觉得"有点慌"，仿佛没有"任何依靠了"，她担心与父母长久分离不沟通，"在精神上，他们会慢慢愈来愈不了解我的！"

这种对父母刻骨铭心的思念，让沈霞常常将父母的来信看了一遍又一遍，看完后还带在身上，仿佛父母和自己在一起，感到很温暖。

当然，沈霞对延安《解放日报》上有限的有关父亲茅盾行踪的报道，也是百看不厌。

1942 年 1 月，延安《解放日报》上转载了茅盾在香港写的一篇反映抗战的小说《某一天》，沈霞反复看，竟看了许多遍。

三十三、浓霞有了心事

其实，离开延安，将一双儿女留在延安的茅盾夫妇，也同样对儿女牵肠挂肚。

1940 年 10 月和女儿、儿子分手去重庆后，茅盾夫妇每天都觉得心里空落落的。从小到大，他们虽分别离开过儿女，但总有一

---

① 沈霞：《延安四年（1942—1945）》，大象出版社 2009 年 3 月版，第 21 页。

人与儿女相伴。

现在分开，父母一方，儿女又远在延安，双方音讯不通，一封信要一个月甚至几个月才能收到，无法直接交流、问候与关照，怎能不让父母牵挂？

全面抗战爆发后，茅盾夫妇带着女儿、儿子奔波于长沙、广州、香港、新疆等地，虽然天南地北地跑，但一双儿女陪伴身边，一起度过如年之日，有儿女在，他们心里踏实。

而现在儿女远在千里之外，尽管有朋友在照顾，茅盾夫妇依然是放心不下。

而延安，对此时远在重庆的茅盾夫妇来说，也是无比留恋的地方。那里的山，那里的延河水，那里的山坳，那里的窑洞，那里的晨昏凉风、蓝天白云，自然山川，都让离开延安的茅盾夫妇充满着美好的回味。

延安，是茅盾夫妇信仰寄托的地方，那里有大批中华民族的精英，有曾并肩战斗的朋友，有蓬蓬勃勃向上的精神，有奋发勇为的风貌。

茅盾夫妇离开延安不到半年，茅盾就写出了充满革命激情和诗意的《风景谈》。这篇文章后来成为中国现代散文史上的名篇，让每个读过的人，对延安的向往油然而生。从这篇散文中，我们也同样可以读到茅盾对延安的牵挂。

"皖南事变"后，茅盾去了香港，开辟另一个新阵线。

1941年茅盾夫妇到达香港后，基本上是在忙碌中度过的，直到太平洋战争爆发，茅盾夫妇才经东江、老隆、曲江、忠信等地，历时两个月，于1942年3月9日到达广西桂林。

在桂林，茅盾开始写作长篇小说《霜叶红似二月花》。

茅盾夫妇身在桂林，经常念叨的还是在延安的一双儿女。快两年没有见到女儿、儿子了，作为父母，牵挂自然比在重庆时更甚。

茅盾在写《霜叶红似二月花》时，脑海里尽是故乡的风情、故乡的故事和故人。

由于经常想念远在延安的一双儿女，想到延安也就想到新疆，想到新疆就想到自修俄文的女儿、儿子及他们的那两只小狗——列那和吉地，茅盾带着欣慰和伤感，写下了一篇题为《列那和吉地》的小说。

茅盾用极为细腻的笔触描绘了两只小狗在身处边陲的四口之家里生活的情景，写得极为感人，甚至有些伤感，有些催人泪下。后来，这篇小说让在延安的女儿沈霞看到了，她在1942年12月18日的日记里写下了自己读后的感想：

> 昨天看到了爸爸写的关于《列那与吉地》的短文章，从这文章中，我想起了当时家中的一些情形，而爸爸又是那么充分的带着怀念的口吻。有一说，他不是在写小狗，而是在写我和弟弟，我想是的。我从这文字中也能体味出，一个悬念女儿的父亲的心。在他看来不正是一样吗？从小抚养大，这中间有多少哀乐，而最后，不得已托付给别人，是不放心的，正像不放心两个小狗寄在别人家里一样（不是寄，而从他种意义上说，是永远的托付啊）！①

---

① 沈霞：《延安四年（1942—1945）》，大象出版社2009年3月版，第35页。

知父莫若女，沈霞感受到了父亲温暖的牵挂。

在桂林的日子里，尽管茅盾写作、工作忙得夜以继日，但对在延安的一双儿女的牵挂一刻也没有停止过。当时，国民党曾派人到桂林游说，想劝一些文化人到重庆工作，茅盾是游说的对象之一，但茅盾为了能去延安与儿女团聚坚决不为所动。茅盾晚年在回忆录中对此有详细回忆，他说：

> （如果）到了重庆，再想去延安更难了，以后公开身份去不可能，化装潜入也行不通，国民党知道我们把两个孩子留在延安了，怎能让我们再去延安！而困居桂林斗室，对两个孩子的思念，日夜牵动着我和德沚的心！①

是的，茅盾夫妇在恶劣的环境里，不得不放弃亲情，这是时代、社会让茅盾夫妇不能和儿女团聚，但思念是无法割舍的，茅盾在桂林时，还专门写了一首感怀诗，思念在延安的一双儿女：

> 炎夏忽已尽，
> 金风搧萧瑟。
> 渐觉心情移，
> 坐立常咄咄。
> 凝望剑铠山，
> 愁肠不可割。
> 煎迫讵足论，
> 但悲智能竭。

---

① 茅盾：《我走过的道路》（下），人民文学出版社1988年9月版，第315页。

桓桓彼多士，

引颈向北国。

双双小儿女，

驰书诉契阔。

梦晤如生平，

欢笑复呜咽。

感此倍怆神，

但祝健且硕。

中夜起徘徊，

寒螀何凄切。

茅盾夫妇对儿女的思念已经到了不可遏制的程度了，女儿、儿子的聪慧和天真、好学而活泼的情景，常常进入茅盾和夫人的梦中，让他们"欢笑复呜咽"。

父亲茅盾写的这首诗沈霞没有见到，但可以想见，假如当时沈霞见到，感受到父母的这种情深深意切切的思念，肯定会泪流满面。

三十四、沈霞加入中国共产党

1942 年 12 月 10 日，沈霞光荣地加入中国共产党。在入党后，沈霞在日记中写道：

当然我是很高兴，不过也很平静，因为在我内心早就确定这样一个决心，就是自从我有了这样一个决心——为解放事业牺牲到底的决心——我就觉得，不管是哪一天解决，我的基本生活态度是不变的了，决不会因延迟日子解决而懊丧，也决不会因迅速解决而觉得侥幸！自傲！

我要警惕那种常常会发生的现象，就是乐得忘了自己是什么样的，而开始自满起来，开始糊涂起来。

我也要警惕那样一种心理，就是现在百事大吉，我还是照旧生活，没有什么关系，进步否，党负责。

我觉得我的责任更加重了，因为我已经是对一个组织、一个集体负了责，如果一些成就在一个普通的人说来是够了的话，在我，目前说来，只有是太少，因为任何为革命尽力的事是本分，而自己应做的事是应该更多更多。①

从沈霞日记中可以看出，年轻的共产党人沈霞，政治坚定而且成熟了！

1943 年春节过后，延安大学俄文系的一部分同学被分配到别的地方和别的单位参加工作。这对渴望为党为民族解放事业多做贡献而且又品学兼优的沈霞来说，颇为心动。沈霞为此专门去找了婶婶张琴秋，希望听听婶婶的意见。

张琴秋告诉沈霞，鉴于沈霞的学习情况，组织上希望她安心学好俄文，做翻译方面专家，将来工作机会有的是。

沈霞愉快地听从婶婶的意见，没有再去找组织要求工作。后来她在日记中说："也许组织不调动我，说明我的最好岗位还是在俄文系吧！"沈霞从心里接受了组织的安排。

在这之前，萧逸去了华北书店工作，所以，沈霞也常常去萧

---

① 沈霞：《延安四年(1942—1945)》，大象出版社 2009 年 3 月版，第30页。

逸那里。在寒假里，沈霞自己列了一个休息去向的清单："假期就这样去了，做了什么呢？简直使我难受。我看完了《战争与和平》，打完了毛衣，到小彬那里一次，鲁艺一次，妇委三次，其余一半在家，一半在华北书店。"①

1943年春，沈霞被分配至俄文学校。

当天晚上的送行集会上，延安大学俄文系学员纷纷唱起许多革命歌曲，沈霞向来是文艺骨干，唱歌本来就是她的特长，但望着大家激动的心情，沈霞唱着《八路军进行曲》，双眼满含着激动的泪水，在沈霞心里，"好像大家是融在一条意志的河流里了，我敢说是都忘了一切地唱着，真实感情的流露，我不愿意散，我希望多唱几首歌，这样的时光多留几分，因为我在这个场合里，觉得我自己是与周围的人融合在一起了"。②

沈霞结束了延安大学俄文系的学习生涯，又向另一个新标杆进发了。

在俄文学校里，沈霞被选为负责生活的班长。对这个职位，沈霞很有信心。她在日记中这样写道：

> 选我做生活班长，这些东西，是我所不习惯的，但是，我要以最大的耐心去做，因为这正是来克服我不细心、性急的好机会，也许在有时，会不痛快，不过应该想到自己的责任，好好干下去吧！这里的班长是比较事务式的工作，这也好，我可以来熟悉这一套，使我从这次锻炼中去掉"那一套"

---

① 沈霞：《延安四年（1942—1945）》，大象出版社 2009 年 3 月版，第 75 页。
② 同①，第 85 页。

的观念，来把"那一套"变成"这一套"。①

5 月下旬的延安春光明媚，沈霞与萧逸的热恋也加快了速度，沈霞常常魂不守舍，牵肠挂肚，梦牵魂绕！她思恋着萧逸，热恋中整个儿心都投入到萧逸那里，她在日记中写道：

> 逸！我多么想你啊，每天有十几次我要想到你。晚上尤其是最近，总是梦到你。我现在知道，只要临睡时想到你，梦中就能见到你了，于是我差不多每晚睡时在脑海中复习你的影子了啊！
>
> 现在我盼望着 6 月初，那也许有十分之一的希望。虽然我又立刻想到那是不可能的，不过总还是那样希望着，那时我可以自由，我将怎样出乎意料地出现在你眼前啊！甚至这个景象，我也已经默默地在我心目中演了好几十次了呢！②

沈霞对萧逸的思念日益强烈，不久，又写下了一封没有发出的信。

给亲爱的逸

逸：我什么时候能见到你？我什么时候能得到你的消息？我什么时候能写信给你？？？③

......

---

① 沈霞：《延安四年(1942—1945)》，大象出版社 2009 年 3 月版，第 87—88 页。

② 同①，第 103—104 页。

③ 同①，第114 页。

沈霞的心里只有萧逸。1944 年年初，她说："现在除了他，我谁也不想爱了。如果永远见不到他，我会不会再爱呢？我现在想，不会的了。"①

而萧逸，见到沈霞如此深爱着他，内心也感到无比欣慰。

三十五、两地的思念

沈霞姐弟在延安的那几年，茅盾夫妇为抗战而奔波于后方，生活极不安定。

茅盾夫妇虽然将沈霞、沈霜一双儿女留在延安，托付给在延安的弟媳张琴秋以及其他在延安的友人，但在战火纷飞的环境里，茅盾夫妇常常为思念儿女而失眠。正如茅盾所言：

> 德沚这几年跟着我到处奔波，形影不离，然而她的心却有一大半在孩子那里，她总觉得把两个宝贝丢在延安吃苦是她的过错。两个孩子，阿霜来信少，因而读亚男的信就成了我和德沚这几年中最大的乐趣。每一封信都给我们带来无限的慰藉，每封信都充满了女儿略带娇憨的爱。②

当时，在战争环境下通信特别困难，一封信从重庆到延安要走好几个月，而且不是官方邮局传递——因为国民党封锁边区，因而只能在熟人、朋友去延安时，以托人捎带的方式传递物品和信件。这对父母思念儿女，儿女想念父母的茅盾夫妇和沈霞、沈

---

① 沈霞：《延安四年(1942—1945)》，大象出版社 2009 年 3 月版，第114 页。
② 茅盾：《我走过的道路》(下)，人民文学出版社 1988 年 9 月版，第389 页。

霜来说都是极为痛苦的事。

沈霞对父母的思念，在她的日记中记述得十分清楚，当她在学习工作中以及个人生活中碰到什么问题，首先想到要是父母在身边，该多好啊！

现在保存最早的茅盾夫妇和沈霞的通信，是 1942 年 11 月 3日沈霞给父母的信，沈霞在信中说：

爸爸、妈妈①：

10 月 2 号的信，前天就收到了，正在猜测你们是否已经离开桂林②，现在已经 11 月 3 号了，按妈妈说 1 月后赴重庆的话，那么想必已在途中或者至少已经是整装待发了，对吗？

爸爸胖了，这倒是令我们高兴的，爸爸不是从来都是瘦的吗？现在怎么会胖的？我有点想不通，因为照理说近年来只有更辛苦。妈妈呢？胖瘦？我希望她结实些，不要再虚胖，到重庆逃警报也不方便。甲状腺现在是否完全好了？念念。我们三个人都很好，不必挂念。张先生也好，陆先生身体不好已休养。陈先生已和何先生分开③，现住在过去叫你们去住的地方，小囡囡放在托儿所，她自己开始写东西，精神还好。

你们到桂林后寄出的钱我都收到了。计 200，400，1000，1000，四次，对否？皮大衣已做，请勿担心。我们还存在一个公家公司做生意 3000 元，每月可收 200 元红利，以后你们

---

① 据手稿，韦韬先生提供。

② 其实茅盾是 1942 年 12 月 3 日离开桂林的。

③ "陈"指陈学昭，"何"指何穆。陈学昭、何穆是 1942 年 8 月在边区法院离婚的。

可以不必寄钱来了，除非特别用处。这二百多元够我们零用了，一天一百多元，将来可以保证一本一利。

你们到重庆后准备怎样，如果方便的话，希望爸爸替我寄几本俄文书来，小说，童话（不要太深）。如果自己带来则更好，还有如果字典有便宜的话（《露和字典》100 元以下）也给我买一本，贵，就不要了。

《劫后拾遗》我们已经读到。我自己觉得遗憾的是这里面竟没有谈到我所最关心的学生与文化人的情况。在这中间，我也找不出什么你们在那时究竟是怎样的一点影子来。好像谈的一些与我们关系少些。不过，从这里面我也还算知道了一些那时的情况。

阿霜在这里也居然写了一个短篇，叫《山》，大概爸爸也已知道。还不好，不过能写我认为就不错了，因为就我自己说现在已经连一封信都写不好，一提笔就只是八股了。

前些日，我和萧逸、张先生、陆先生拍了二张照。洗出来以后准备寄给你们看。

还有我们正式订婚，上信已提及，怕遗失，这里再提一笔。

我把毛衣都重打了一次，加了毛线（本地的），很好，今冬不冷了。放心。

希望你们常来信。

康健

女儿上　11 月 3 日（1942）

1942 年下半年，沈霞和萧逸在延安相恋并确定恋爱关系，本来沈霞想让父母来延安看看自己相中的对象，但父母远在桂林，又要赴重庆。况且由于政治原因，进延安并不是一件容易的事。

因此，沈霞只能写信向父母报告自己与萧逸"订婚"的事，即确定恋爱关系。

爸爸妈妈①：

4月1号的信收到了，今天刚好有机会托人带一封回信给你们。

妈妈总说我们想骗她，担心我们过分劳力，身体会坏。其实，我们并没有欺骗你们。在这三年中，我没有病过一次，阿霜也只在41年初打了一次摆子，早就好了。现在都长得又高又大，看见我们的都说长大了。这，正是妈妈所最担心的劳动把我们锻炼出来的。现在不是说空话，做一些体力劳动是满不在乎的。

我们这里从去年就开始了生产运动，自己动手，自己享受。在这中间，我们获得了许多在外面一辈子也学不到的具体知识，变得不说完全是劳动者的头脑、手足，然也至少比过去接近得多了，而且对劳动的知识也已大大进步，决不会有不高兴等事发生，"习惯成自然"，这就是我们现在的情况，我们已由习惯成自然了，一天不劳动就觉得无聊了呢！我的生产就是纺棉。我可以纺很好的机器线。也学画像，都是很有趣的事。这两天还替人家油漆门面。这种事情过去都没有想到要做过，而现在都去做了。将来饿不死的。阿霜上山开荒去了。他，现在是个甲等劳动力。烧炭、种地都行。（脸）又黑又红，长得很高大。我们现在因为学习生产很忙，很少来往，但彼此的情况总还是知道的，他并没有野得连自己都忘记，他只是因为生活紧张，再加上没有写信的习惯，所以

_____

① 据手稿，韦韬先生提供。

140

没有亲自给妈妈写信罢了。

我早就入了专门学外文的学校，选的俄文。最近即将正式开课，阿霜还在文工团，那里现在很好，他也不想离开。总之，在学业的进步上，我们的看法也许和妈妈不同，只要天天在增加活的知识，我们就认为是进步了，倒不一定是什么书读了几本。妈妈带威胁地说，如果阿霜不好好学，就要叫他回去，大可不必。我们现在得到的决不是在大后方能学得的，我们还不愿回去呢！我们要永远在这环境里生活！

大后方情况很不好。我说你们是否也来这里好些？丰衣足食很有意思，妈妈也可以做一些她会弄的工作。这里在这三年中已大大改变了。妈妈看来这三年很长，可是我们却只有在计算年代时，才觉得已经过了三年。生活，它天天在变着，总是有新的东西出现在眼前，所以生活也更有意义，更美好，日子也过得更快，几乎没有什么感觉了。如果你们能来这里，那么，我们一定更快乐！现在还可以想法子走的，可以问一下。

琴婶婶已结婚，丈夫是个医生（这对我们很方便），陈姑也已离婚，现在工作很好，陆依旧不常见到。萧逸也好，问候你们。

最后重复几句：希望你们抓住机会来这里。我们都等着，等着，立刻进行！

爸爸接信后，如有俄文书，带几本给我，还有《安娜卡莱列娜》、《约翰克列朵夫》二书，买一卷软片给我（120 号），钱不要，别的也不要。写得很啰唆，很久没有写家常信了，爸爸不要说我文化程度又未提高。

小女儿 4 月 27 日（1943）

而同样，在重庆的茅盾夫妇对一双儿女在延安的学习和生活牵肠挂肚，一旦有人从重庆去延安，便要捎上一封信，带上一点日用品或几本书，并写下一些常在父母心里搁着却无法当面说的话。

霞儿①：

　　上次你们请林老带来的信都收到了，我们也写了回信，从邮局寄上，不知你们能不能收到？

　　看了你们的来信，知道你们很好，我们很欢喜。我们在重庆身体尚好，物价虽涨，生活也过得去，因为版税的收入也比从前多了，可以补贴。

　　霞在7月5日的来信也收到了。你问我，你还是继续学俄文呢还是再学英文。我的回答是，你应该继续学俄文，以俄文为主。如果还有时间精神，则设法保持过去所学的英文，不使完全忘掉。总之，俄文为主，先尽全力学俄文，深造俄文。你将来不论研究什么学问，俄文的书籍是最新最好的；若不懂俄文，吃亏太大。你要120软片，现在此地已买不到。因为这种东西，空运来者本已不多，而又皆为政府机关所收买了。又托人带上几本书是给你和霜的，书的内封面上都分别写了你们名字，免得争论。

父字　8月16日(1944)

　　萧逸的来信(7月5日)已经收到。他身体不好，是不是有什么病呢？我们在接到他这次来信以前，问过何其芳、刘白羽，早知道他在鲁艺工作。我们今天不写信给他了，希望他

---

① 见《茅盾全集》第36卷，人民文学出版社1997年版，第216—217页。

有工夫时写信来。身体不好，倘有病，医生怎么说，也写信来让我们晓得。又字。

我又买了些俄文书（都是最近苏联的抗战文学），也给你带上。《露和字典》今没有，将来再带。

当年有些沈霞曾托人带到重庆交给父母的信，现今已散佚。但是沈霞在中秋节前夕收到父亲茅盾的这封信后，得知有人要去重庆，便立刻又写了一封信，报告近况：

爸爸妈妈①：

你们在 8 月 15 号（16 号）寄来的与同时（托）带的信均收到了，很高兴。尤其是带了书来（尚未收到），这里的外版书是很贵的，而且也难得找到。

阿桑大约尚未回来，因为他没有写信来或找我，我去信，亦还没有回信，最近总可以到这里了，据我所知，他的事已办完。他还是老脾气，不爱写信，也很少和我们来往。常常是约之又约，才去看张先生一次。不过，他很好，既然大家都忙，少见几次也没有关系的。

至于我自己，也回到原来地方学洋文。今年，因许多原因，学得很少，比过去当然要长进了一些，但不多，明年是要加油。首先学习时间增加了三倍，这是最大的保证。

这一个月我住了整个月医院，割痔疮。② 妈妈大约还记得在香港时曾犯过的，今年，大约由于过多"坐"的缘故，在

---

① 据手稿，韦韬先生提供。
② 据沈霞日记：沈霞割痔疮的时间是 1944 年 8 月 21 日住院，9 月 20 日回学校。

我回到学校时（8月初）突然发作（三年未犯），很厉害，不能坐立，后来经医生检查，必须割治才行。这里又没有药，因此就割了。也没有什么痛苦，半身麻醉。一个外痔（大），二个内痔。手术后曾在新姑丈家住三星期休养，现在已回学校，尚未痊愈，不过基本上已好了。以后只要不吃辣子，就不会再犯。爸爸不是痔疮很厉害吗？割了好些，不然对身体妨碍太大，这是医生说的。

萧逸已下乡工作了，做文化工作，不太远，还可见面。他身体不好，过去何医生检查除了心脏扩大外，没有什么旁的病，也许是因为他来这里久了，营养又差，所以现在更不好了。现精神体力都还好，就是瘦得厉害，比阿霜在新时还瘦（当然要高大得多）。下乡后，据他的想法，想买一只羊，吃羊奶，不知能否实现。如能办到当然要好些。这次我住医院，把他忙得更瘦了，每天跑20里来看我（还未下乡那时）。我们希望在乡下能胖起来，信他未看到。

字典，太贵就不要买，因为这里有公共的，也可以勉强用着，我们现在自己有很多钱，将来也许可以买些本地土产给你们玩玩。等着吧！

健康快乐！！

明天是中秋，这里只有很坏的月饼，你们呢？

女儿　9月30日（1944）

在茅盾夫妇与儿女分开之时，父亲茅盾无论接没接到女儿的信，只要听到有人去延安，就会马上给女儿给儿子写信托人带去，而一旦接到女儿信后，更是立刻又写回信。

霞儿①：

　　前天写好一信，已经交给朋友带去，昨日又接到 9 月 30
日你邮寄的信，这封信比前一信早寄，但是迟到了。从这信
中，知道你曾经为了割治痔疮，在医院住了一个月，又知道
萧逸身体不好，心脏扩大，我们很是记念。萧逸这病，应当
好好休养，吃羊奶的计划实现了没有？请何医生检查，倘须
一个时期的休息，则应请求得一二月的休息，年青人害了心
脏扩大，不是玩的。至于你的痔疮虽已割去，仍防再发。你
信中说割后月余尚未痊愈，不知何故这样难得好？我们很不
放心。现在好了没有，下次来信说明。你信上说现在你有钱，
打算买点土产托人带给我们；我们并不需要什么，你不要买。
你有钱，还是自己买点必需品，也应当买点东西增加营养。
我们已写信给琴姑母，请她为萧逸的病及需要休息等事帮忙
设法。

　　此间出版的文艺书，我们都有，随时当托便人带上。

　　两月前曾托人带上《安娜·卡莱列娜》及其他的书，不知
收到没有？薄薄的书尚可邮寄，厚本的则只能托人带。我们
希望最近还能给你带上一些。

　　祝好

　　　　　　　　　　　　　　　父字　　11 月 12 日（1944）

　　茅盾夫妇与女儿沈霞的信，因为间隔时间太长，一般要几十
天乃至几个月，因而双方所写的信常常在路途中擦肩而过。

　　1945 年 6 月 30 日，茅盾见正好有人从重庆去延安，便分别给

---

①　见《茅盾全集》第 36 卷，人民文学出版社 1997 年版，第 222—223 页。

女儿、儿子写了信，把父母的记挂、叮咛写在信笺上：

霞儿①：

  你收到了《露和字典》以后写来的信，我们已经收到了。我们一切都好，可勿记念。此次托人带给霜一部《静静的顿河》，这是他来信讨过几次的，希望你让给他先看，不要和他争夺。又带上法币一万元，你和霜各人分五千，以备不时之需。妈妈常说，要是你一旦生了孩子，那就要钱用了，所以乘有便先带给你一些，我们还有钱，你妈不用女工是因为不喜欢本地女工，非为无钱也。望你接此信后即写回信，托琴秋姑母找便人带来，因为我想来此次来延安的人不会久留，数日即须返重庆也。

  此信亦请琴秋转交。

父字　6月30日（1945）

霜儿②：

  好久没有收到你的信了，不知你身体如何？近年学习得怎样了？我和你妈都好，可勿记念。上次你要《静静的顿河》，现在我买了一部，托人带上，共四册。此书还是桂林印的，纸张较好，现在重庆印不出这样的书；价钱也相当贵，望你爱惜。此次又托人带上法币一万元，你和你姐姐二人各分五千，以备不时之需。妈妈老忧虑你那件大衣破得不成样子，你来信始终没有提起，此次该有便人来重庆，望你详细写一封信，把这些事情都说说，以免妈妈挂念。至要至要。即祝

---

①　见《茅盾家书》，中华工商联合出版社2018年3月版，第10页。
②　同①，第15页。

近好。

父字　6 月 30 日（1945）
此信请交琴秋转交。

父女情深。在家书抵万金的岁月里，茅盾和在延安女儿、儿子的通信，尽管是一些家事，但也能看出著作等身的一代文豪生活中的另一面。

舐犊情深。茅盾夫妇对儿女深情的关怀，体现在一封封信的字里行间。女儿对父母的牵挂，也满满地装在一封封信里。今天我们从这些信中，还可以看到父亲的慈祥可亲和女儿活泼可爱的性格和形象。

三十六、沈霞结婚

沈霞与萧逸谈恋爱好几年了，两人相互理解，感情很深。沈霞年轻漂亮、性格活泼、多才多艺、才华横溢，也曾引起不少有才华的男青年的追求，但沈霞不为所动，一心一意爱着年长自己六岁的萧逸。

萧逸同样是一个才华横溢的青年，他活泼，有文娱才能，高挑的个子，两眼炯炯有神，英俊潇洒。在他和沈霞的热恋时，也有女生向他表达爱慕之情，但萧逸同样深深地爱着沈霞，没有动心。

沈霞日记中还记录了有关两人闹小别扭的事，从另一个方面说明两人爱之深切。由于两人有共同的志向、共同的爱好，因而有恋爱成功的爱情基础。

茅盾的弟媳张琴秋在 1943 年 4 月给茅盾夫妇写信时，向茅盾夫妇介绍说：

霞仍在学习外国文。在各方面都有进步，增进了许多新的知识，这些知识是过去没有学到过，而且也不可能做到与学到的。青年孩子们过去只知道享受不知道劳动，现在大不相同了，以前一切依靠妈妈的许多事情现在都是自己动手来做，缝衣服做鞋，洗衣拆换铺盖，用线打毛衣都学会自己做，做得也很好。劳动结果，不但能独立生活，而且把身体锻炼好了，……霞的朋友萧逸在学习，他们还没有结婚，因为怕影响学业。[①]

经过政治和爱情的考验，沈霞和萧逸两人与张琴秋及其他在延安的长辈商量后，决定在 1944 年 10 月初的一个休息日去政府机关申请登记结婚。事后，沈霞立刻给在重庆的父母写信，告诉他们这件事：

爸爸妈妈[②]：

刚寄走信，阿霜就来找我了，逼着他写了一封长信，现在附上，我想你们一定很高兴的。我在几日前寄的信收到没有？

告诉你们一件事，就是我和萧逸已登记结婚，算是有了一个正式的关系，但究竟何日结，尚未决定，要看何时方便，现在只是在法律上获得根据罢了。原来是准备见到你们时再

---

① 据手稿，韦韬先生提供。
② 同①。

148

说的，但现在由于我们都想安心学习，为了避免许多麻烦，如流言、注意、好奇等，决定就这么办了。因为在这里，尤其像我待的环境，一个女孩子过了廿岁不结婚而又可以没有或逃却麻烦的是没有的。有人说：我应该"等""一个"时候，以便"选择"更好的"人"。我却不这样想。因为我觉得这不是"选择"的问题，并且浪费更多时间在中间去"选择"，而且结果也许相反地被旁人"选择"去生儿育女却更糟。

我和他已相识三年，虽然他不一定出人头地的好，但和我差不多，有好学求上进的心理，肯努力，聪明。这样也就可以的。年龄也相差不多（我想妈妈一定不赞成我和很大的人结婚的）。关于萧逸，你们还很不了解，但过几时，你们就会了解的。张先生对这，也没有什么意见。我们决不因此而妨碍彼此的学习，这是可以先告慰于你们的。因为我们的前提是为了彼此更大的成就。

情势日见好转，胜利不日就将在握。不知爸爸妈妈作何打算？总要能和我们一起相处方好。还要保持健康，心放宽些，见面的日子快了。那时来个大团圆吧！庆祝我们的成功。

日安！

俄文书四本收到了。

女儿　10 月 5 日（1944）

茅盾夫妇收到女儿 10 月 5 日的来信后，又是高兴又是惦记、焦急，高兴的是女儿终于有了终身托付，这是女儿的终身大事，是好事，是喜事，值得高兴！惦记和焦急的是，毕竟女儿缺乏家庭生活的经验，而婚礼一些必办必备的事务，怎能让当新娘子的女儿自己办呢？

而作为父亲母亲的茅盾和孔德沚当时在重庆，兵荒马乱，无法去延安，只能干着急。母亲孔德沚看着女儿的信，着急地连连说："怎么办怎么办？"她想到了许多要做的事，她连睡觉都在想着女儿的婚事。

茅盾认真想了想，写了一封长信给女儿。

霞儿①：

10月5日邮寄的信（附有桑的信），今天收到了。差不多在路上走了一个月。但在此信之前你所寄出的另一信，却没有收到。你和萧逸已经结婚，我们可以同意，而且也很高兴。我们虽然尚未见过萧逸，可是从前你曾经来信描写过他，而且他自己也来过一两封信，所以，我们也就有了个印象。我们相信，我们的女儿在这事的选择上是用了比较审慎的态度和清醒的头脑的，我们同时也喜欢她的选择不以虚荣和外表为对象。我们喜欢在生活中受过艰苦的磨炼而有志学习力求上进的年轻人。萧逸从前是这样的一个人，我们相信他现在也还是这样的一个人，希望他永远是这样的一个人。我们遥祝你们俩的共同生活将是幸福而快乐的，你们相敬相爱，共同朝你们所信仰的人生目标迈进！我们相信你们那里的环境是一个使人容易向上学好的环境，所以我们对于你们的前途抱着十二分的信心，想来你们是不会辜负我们的期望的！

近来常有人来往，大概你们也多少知道一点我们的生活情形，所以我们也不多说了。我们身体也还好。妈妈虽然为了家中什务而很辛苦，但尚能支持；而最大的欢喜是知道你和桑都很健康而且有进步。我的肠胃还是不佳，又有点贫血，不过医生说我尚无大病，只是运动太少而已。至于和你们见

---

① 见《茅盾全集》第36卷，人民文学出版社1997年版。

面，我们是时时这样盼望的；有了机会，我们自然不肯放过。现在看来，也许这不会太远了。以后你邮寄信来，不必再提此事；为什么不要提，这原因你是应当想得到的。

你需要什么东西，我们可以设法托带或寄。还要俄文书么？上次你要软片，我们曾去找过；但因此物很缺，一般照相店里都没有，非得特别托人找门路不可。这样我们觉得太麻烦了，就作罢了。况且我们相信不久后一定能看到你们，现在不见到相片也不算什么。书籍我们尽可能给你弄一些。大概两个月前，曾托人带上一批（书名我忘了），不知收到了没有？

我们要给你和萧逸一点纪念品，我托人带也太啰唆，将来见面时再给你们罢。

祝你们快乐而进步。

父母字　11 月 6 日（1944）

茅盾夫妇给予了女儿沈霞以充分的理解和信任，他们相信自己女儿的选择是对的。在以后的几次通信中，茅盾夫妇将女儿女婿一起关心关怀，而沈霞给父母写信报告与萧逸登记结婚的回信还没有收到，又于 11 月 15 日给父母写信：

爸爸妈妈①：

你们由陈先生转给我们的信已经看到很久了。因为想在收到书以后再写回信，因此耽搁了很久，但书到现在尚未收到，想来是因为没有便人的缘故，现在先写信。

阿霜早就回来了，这次的旅行对他有很大帮助。他回来

---

① 据手稿，韦韬先生提供。

后我叫他写过一封信，前已寄上，从那里可知大概。关于他的学习问题，据他自己的志愿是想学工程，但现在因为无适当学校，因此就想多多生活，观察事物，以便在自己的副业——文学上——充实一些内容。这样，我们大家认为也可以。最近他参加的文教会就是最有实际教育意义的东西，比死读书一年所获还多些。我已开始突击学习了，预定明夏毕业。萧逸说的学习时间少，在今年是事实，这是为了建立物质基础，我认为不是浪费时间，何况从这中间对自己有更大的锻炼。明春始，我们就差不多全部是学习了。这是时局向我们提出的要求，总要在需用之前准备好，免得临时抱佛脚。

我想向爸爸要几本中华书店出版的中华英文选，中英对照有注解的。选择内容比较有趣些的，我要作为小说来读，带便也复习了英文。从邮局寄好些。此外如有学生字典（中文的），旧的便宜的，买一本给萧逸，他要用，向我说了好几次，叫我找，我却无处可找，只好找到你们这里来。

余再谈。

阿霜要《静静的顿河》全部，有没有？新出的。

女儿霞　11 月 15 日（1944）

战火纷飞的岁月，茅盾夫妇虽与女儿、儿子不在一处，却时时心系一起，他们和女儿、儿子一样，不管收没收到孩子的来信，只要知道有熟人去延安，都会给一双儿女写信、带东西。

霞儿①：

有过两封信（都是 11 月初旬写的），都托朋友带给你，想

---

① 见《茅盾全集》第 36 卷，人民文学出版社 1997 年版，第 223—224 页。

来是和这一封同时可以收到。

因为你上次来信（10月初），说你割过痔疮，身体不好，萧逸有心脏扩大的病，我们很记念。现在托朋友带给你两种药：①鹿茸精六瓶，②肝精片壹瓶。这是重庆市上容易买到的补药，也不大贵。我们以为你和萧逸都可以吃的。如果你自觉得没有服用的必要，那就都给萧逸。不过，鹿茸精对心脏扩大病是否相宜，还得先问问医生，至要至要。至于肝精，一定可服。鹿茸精服法，附上仿单一份。

现在再带给你几本书：①《被损害者与被侮辱者》（全一册），②《白痴》（上下两册），③《侵略》（一册）。这几本书是给你们公用的。又前次托人带的《安娜·卡莱列娜》（托尔斯泰名著）收到了没有？下次来信时说明。

祝好

父母字　11月21日（1944）

此信写好后，茅盾得知鹿茸精只买到三瓶，又赶快另写一纸短笺，附在一起：

霞儿①：

昨写一信，还没有寄走，言托友带给你鹿茸精六瓶，现知只买到了三瓶，所以实是三瓶。至于肝精片一大瓶则无误。特再写此数字，望洽。祝好。

父字　11月23日（1944）

当时，沈霞只要收到父母信后，都会立即给父母写回信。她

① 见《茅盾家书》，中华工商联合出版社2018年3月版，第9页。

日夜想念父母，将自己的思念寄托于每一封信中。

爸爸妈妈①：

　　你们 11 月托带的信都收到了。书和药也都收到，书先后两次，没有少，放心。

　　萧逸的心脏扩大是在前年检查出来的，一直到现在，也没有发展过。这里害这类病的很多很多，实际上也不能算什么病，回到平原，就会好的，不必那么担心费神。如果病继续发展，我们自然会去请教医生的。药已给他，他觉得使你们担心很不安，本来要写信的，这次来不及了，下次再写。至于我自己现在已完全复原，又和以前一样胖了，我俩照了一张相（阿霜也照了一张），以后印好了寄给你们，你们就可以知道我们是很健康的。

　　对于萧逸，你们不了解是当然的，他并不是怎样健全的人。虽然是工人出身，但感情上却感受了知识分子的影响，存在着许多弱点，如不冷静，个人欲望等。总之，从思想意识方法上说是不够正确的，因此在一般表现上常常发生偏差。不过他有特点就是能吃苦，能干，他自己也有信心。现在他在乡下搞民办小学，成天与老百姓接触，成绩还可以，对他有很大帮助。他闲时也练习写作，以后当带给爸爸指正。

　　对于我俩的共同生活，我们一致认为是建立在共同的进步上的，是建立在共同的事业上的。如果我们不能并驾齐驱的向前进，如果我们事业的前途发生了分歧，那么，所谓感情也就不能维持了。因为这只是一个抽象的东西。如果不幸发生这样的情况；我们是不愿以空洞的感情来维持生活的。

----

① 据沈霞手稿。韦韬先生提供。

154

正由于这一点，我们努力互相帮助以求进步，逃避温情，也因此一般的口舌纠纷是很少很少发生的。这，也可以说是接受了前辈的教训。我们想在阴历年结婚。没有任何形式，觉得公式化的一套既不节约又没有意思，大约是我到乡下住两天而已，这样同时也免得朋友们操心。

我的学习期限又延长，明年年底才毕业。俄文书可以不要了，如果有好的可以买，一般的童话式的不要了。以前寄来的也未看完，集体学习不允许个人看很多书的，而公共读物学校中有。倒是字典有办法买一部（要原版的，上海印的，翻版的这里有了），但也以不贵为原则。

阿霜未下乡，大约过了年才下，他的信未写好，以后再附上吧！

你们的情况，从给陈先生的信中知道一些。你们老了，身体要加倍注意才是。妈妈心脏一向不好，重劳动最好不要做，找个佣人还是必要的，匆匆。

问好。

愿你们新年快乐！鹿茸精怎样用法快来信告诉。

阿霜要《静静的顿河》。如有《时间，前进啊！》寄一本来。

女儿霞　12月24日（1944）

1945年的春节假日，即2月28日，沈霞和萧逸在离延安二十多里的乡下窑洞里举行了简朴的婚礼。当时萧逸在乡下搞民众教育，帮助陕北老百姓扫盲学文化，沈霞则趁着春节的几天假期，带上几件衣服，几本书，走了二十多里山路，来到萧逸身边。

婚礼没有什么仪式，没有热闹的锣鼓声，没有丰盛的筵席，没有不绝于耳的恭贺声，更没有成担成箱的嫁妆，也没有宾客盈门高朋满座。

一代文豪的女儿——一个有志于中国革命事业的青年与另一个青年带着铺盖，携手相爱，走进陕北黄土高坡的一个窑洞，一捧红枣，一个喜字，向世人宣告，延安的这两个革命青年已经是一对夫妻了！

沈霞和萧逸在延安乡下举行简朴婚礼后，张琴秋在给茅盾夫妇的信中写道：

> 霞与逸已于阴历年假结婚，因为在乡下，我们都未去道贺，同时霞喜欢朴素不愿铺张，故未在校举行婚礼，因当时逸在离城二十多里路之乡下做事，霞便下乡同居。本来在此地对婚事是十分简单的，至多也不过邀些亲友团聚作乐庆贺一番便罢了，没什么仪式，原曾邀她和逸到我家结婚，横竖重实际的人也不在乎这些形式，只要他们感情好就好了。结婚前后二人感情都还很浓，萧亦年轻，还聪敏，很可造就。他们相识甚久，彼此也了解，既是志同道合，有感情，我当然也赞同他们。①

而在重庆的茅盾夫妇听到女儿已举行了如此简朴的婚礼，又欣慰又心疼。

直到茅盾晚年，回忆女儿婚礼时还说："婚礼十分简朴，简朴到使我和德沚心疼。"②而他们原先拟送女儿结婚的纪念品，也未

---

① 据手稿，韦韬先生提供。
② 茅盾：《我走过的道路》（下），人民文学出版社 1988 年 9 月版，第 388 页。

能及时托人带去。

1945 年的春节，陕北黄土高原的窑洞里，又多了一对革命伴侣！

三十七、新婚后的牵挂

沈霞和萧逸结婚之后，都没有沉湎于卿卿我我的小家庭生活，而是在工作中相互帮助、相互激励。虽然不在一起住，但相互时时牵挂着。

今天我们发现的沈霞结婚后给萧逸的一些信里，充满了关心和关爱，这里不妨看几封沈霞给萧逸的信：

逸①：

5 月我们不放假，现在又不能请假，因此最近只好不来了。我想这一下不会太久吧？据说暑假我们是要放的，也许还比较长，那时见面吧！

你的来信收到了，张先生已把纸送来了，有二十张，但都太好，我留了五张，其余的给你，送上一些种子（甜高粱和白扁豆）。以后伙食费都要到桥儿沟领，不是太麻烦了吗？最好向他们交涉一下。你单衣领了没有？我们都发了。现在你的伙食是怎样解决？不在工厂吃吧？现在市上韭菜、菠菜、豆芽很多，你可以托老乡带贵一些的，多吃些好的。肉我吃不成了，但留一小块吧！说不定，哪天我突然来了呢。工作

---

① 据沈霞手稿。韦韬先生提供。

情况怎样？写信告诉我。

报上这两天发表关于七大的文件，毛主席的政治报告、总司令的军事报告、刘少奇的修改党章的问题，很长，而且内容丰富，不可不研究，你那里看得到否？你报纸订了没有？是否还可以订，可以的话，来信告知，我给你找钱来。

……

几个鸡婆们怎样？生了多少蛋？我很想吃呢！本来我想到5月回来，做蛋饺给你吃的，现在都往后推吧！单裤一条，内装芸豆少许，你可以吃一些，但主要留着我回来时，做甜饼吃的。

匆匆

需要什么来信告诉我。要不要钱给我写信。对面的绳子不要弄坏了，是要打草鞋的。还有别人的鸡已可以孵蛋了，我们的是否也可以了呢？

附上口琴、笛子、歌本子各一，歌本子过一时期（一月左右）即捎还我。还有以前你拿去的歌本子设法给我，我想唱唱歌子。

霞涂　3月5日（1945）

逸①：

3月份寄给你的一封信收到没有，没有通讯站实在是麻烦的事，以后应该想出一个比较快的通讯方法才好。

我幸亏不同意到乡下生产，你走后这期间我们中间又学了两次（一次四五天），都是临时决定生产或学习，如到乡下就要脱课了，现在大家可在4月10号前结束生产。我到被服

---

① 据手稿，韦韬先生提供。

厂做了几天工，赚了一万多（三千元一天），买了三磅毛线，准备给你打毛背心一件，好否？上次妇合①取的钱，买了一丈小布，给了沈霜四千，因此既不够买锅，也未还账，本来想生产出来还的，但东西涨得很快，因此又买了东西。你需要做衬衣裤不？或者做别用，来信告知。

我们延安最近有一种新的行政制度，即一概不外出及会客或回家，因此你不要来找我了，要不然要碰回去，路又太远。那时只有睡在路上了，如非到延大会客，伙食还可，就设法睡在那里。路上行走要带证明信，切记，切记，什么时候能会客，我再设法通知你好了。

带上一些破布及麻，加上你那里找一些，叫老百姓做两双鞋底罢（一双你的，一双我的），二条蓝短裤给你穿，牙粉一包。现在肥皂也一千三四一条，贵极了。小米五千一斗，所以你的二万做饭钱恐怕不成了。布一千四一尺，鞋好一点的一万多。

安娜苏生蛋没有？你自己吃吧，或孵些小鸡也好。你还是种一点地好了（西红柿、苞谷、南瓜等）。工作忙不忙？这一下恐怕等二三月不能见，安心写你的小说吧！

听说乡下的外来干部都要调回来，你动不动？有了钱订一份报，买一个锅，孔厥那里反正现在也无法送钱去了。有寄给爸爸的信寄来。

霞　3月29日（1945）

这两封信，有关于工作内容的，有关于生活方面的，足以反映出结婚后的沈霞对萧逸的关心和牵挂，以及对生活工作的思考。

---

① 即当时延安的妇女合作社的简称。

这两封信还让今天的我们看到，当时延安的生活条件艰苦，像萧逸、沈霞这样的年轻人结婚后，没有单独的窑洞可居住，他们平日仍分别住在集体宿舍。同时也可清楚地看到，延安成长起来的20世纪40年代青年，一心想着革命，一心想着民族的解放事业，想着如何造就自己，想着如何为党多做一些工作。

因此，连沈霞在给自己亲爱的丈夫的信中，也是常常带着工作的、革命的色彩。

沈霞是个孝顺的女儿。沈霞也是个有想法的年轻人。她还想自己、沈霜、萧逸以及远在延安之外的父母开动家庭竞赛呢。她在一封信中写道：

爸爸妈妈①：

这一次好久没有写信了。一方面是遵从爸爸的命令，不从邮局寄，另一方面，最近学习也特别紧张，总抽不出一个适当的时间来。

近来我们这里经常可以从报上看到大后方情况的消息。爸爸的一篇纪念五四节的文章这里也转载了。通讯中被引了几段，作为反映大后方要求民主的呼声。一些人在什么大会上的讲演是经常可以读到的，因此关于大后方要求民主运动的一般情况，我们知道得很清楚。也许比你们更全面些呢？我希望我们也能积极主动参加这些群众运动，发挥自己的力量。仅仅在乡下写长文章也乏味的，而且也没有什么可写的，对吧？总要经常站在斗争的最前线，即使是做个摇旗呐喊的小卒也罢，才能获得更多的写作材料，才能真正使生活充实起来，年青起来。也只有这样，才能紧跟上时代。人，只要

---

① 据手稿，韦韬先生提供。

在斗争中，就会年青、生长。相反，如果固守个人的生活习惯圈子，脱离群众，就必然要失掉光芒，未老先衰，就会觉得自己是老迈了。这，是我在此学习几年得到的感想，觉得它能够作为我生活的准则。爸爸，你以为如何？所以，我也因此常常问自己，爸爸和妈妈是不是算老了呢？我的结论总是否定的。因为我相信，我们是在坚持着的。非但坚持，而且多少在迈进。只要是这样，那么即使身体中某些物质细胞衰退了，但同时，却又成长了加倍的新的细胞。这些细胞对我们来说是千百倍宝贵于前者的。因此，说是老了的话，是不对的。不过说另一句话，我也真有点担心，相隔这么远，对你们的情况不了解，正如爸爸妈妈担心我们不能很快进步一样，我有时也担心。你们终究因为年龄比较大些，而跟不上青年人的脚步，这样是悲惨的。在外边，走得多远是靠我们自己了。不像我们这里，旁人可以拉一把。于是，这一切只有靠你们自己了。这里，我，作为一个多多少少大了的女儿（注意，已经不大像妈妈心中想象的那样的了），给你们在这里加点油。如果是开动家庭竞赛的话，我们三个在延安的就想和你们两个比一下，看，将来谁在最前面。怎么样？同意否？

爸爸上次的来信，我仔细读过了。爸爸讲得很对，我现在也就是这样做。无论如何要把自己造成一个健全的，又有能力工作的人，而不是跛子，也以此督促他们两个。自己的俄文学习，成绩还不算太坏，但尚须努力。因为以后工作起来，困难还多着哩。爸爸说有军用语的字典，如已买到，给我捎来吧，我们已开始上军事课了。我身体较开刀后（去年年底前）要好，一天到晚不休息还可以坚持下来（以前经常头痛），也没有什么病过。阿霜、萧逸等都好，我已发动他们写信（他们都是觉得不知谈什么好，而且懒）。

上次字典与缸子都已收到了。你们现在生活如何？川北闹荒对你们影响大否？我们这里备荒很起劲。生活还是很好的，不必挂念！

暑安

女儿霞匆　6月17日（1945）

沈霞和沈霜在延安这片革命热土上迅速成长。沈霜犯"懒"，不爱写信，姐姐沈霞常催他。而茅盾夫妇经常是通过女儿来信"探听"儿子行踪，也通过给女儿信嘱咐儿子注意事项，女儿沈霞成了父母的"小棉袄"，既贴心又懂事。

三十八、无法劝阻

结婚后视工作、前途为生命的沈霞在1945年7月下旬发现自己怀孕了。

这对没有一点思想准备的沈霞来说，不啻为晴天霹雳！她觉得抗战苦苦奋斗了八年，快要胜利了；来延安艰苦奋斗五年，学习了五年，学习也即将结束了；而且她还隐隐地感到，俄文学校毕业后，在建设新中国时能够施展自己的才华。

党中央已经在考虑全局问题了，组织上也已开始动员延安的干部去东北从事实际工作，自己的俄文学习任务快要完成了，此时却要怀着孩子在同学间穿梭，同学们都斗志昂扬地奔赴一线，从事向往已久的革命工作，而自己却在这节骨眼上生儿育女，窝在小家庭里，不能走在时代前列。沈霞不敢想，也不愿想。

沈霞去找婶婶张琴秋诉说。张琴秋劝她："没有关系，生孩子不会影响前途，只不过怀孕期间辛苦一些，将来生下孩子，可以由我来带，或者让你妈妈带，不会影响你工作的。"

"不行，同志们都要奔赴新的岗位，我在延安这五六年学习锻炼，不就是为了这一天吗？现在这一天就在眼前了，我怎么舍得放弃呢？婶婶，你想想，我怎能光想个人的私事生小孩呢？婶婶，你帮助联系一下，我想做手术，然后休息几天，去迎接这伟大时代的到来！"

"亚男，这事你还得要慎重考虑，虽然做个手术不是什么大事，但对你对萧逸，乃至对你爸爸妈妈他们，是件大事啊！"

"这事我可以做主，我想萧逸会支持我的，为了我的前途，我父母也会支持的。"

张琴秋没能说服沈霞。

萧逸从乡下赶回来，也没能说服沈霞。他只是讷讷地说："别人家生孩子照样工作啊，你去年刚刚割痔疮，身体又不好，何必再去做人流手术！"

沈霞说："你想过没有，这几年，我们共同奋斗，拼命学习，不就是为了有这一天去为自己的理想而奋斗吗？现在的形势不容我们只关心自己啊！你想过吗？"

"这我知道，不过有了孩子，也可以实现自己的理想啊。"萧逸红着脸说。

"不说了，我自己决定了，你反对也没有用，过些日子，我让琴秋婶婶找个技术好的医生，去和平医院抓紧做了，这样就不会影响毕业后响应党去东北工作的号召。我等着这一天，等得真焦急啊！萧逸，你知道我的内心想法吗？"

沈霞特立独行的性格和对理想信仰的执着，任谁也无法扭转她的想法。

1945 年 8 月 10 日午夜，日本宣布投降的消息在延安山城不胫而走，渴望胜利想了八年的人们被这胜利的喜讯激动得欣喜若狂！清凉山、宝塔山、凤凰山、杨家岭、王家坪、兰家坪、枣园、文化沟和城区，到处是欢庆胜利的人群，秧歌队一支接一支，锣鼓声和各种敲打声，响彻延安！

延安，抗战八年苦苦奋斗的人们，以无法遏制的心情迎接这个胜利，到处都在尽情地欢庆，"日本投降了，我们胜利了，共产党万岁，保卫胜利果实"等口号，在延安的各个地方响起！

延安沸腾了，延安今夜无眠！

游行的人们高举着各式自制的火把，照亮了笑脸，映红了山城。欢庆胜利的人们，点燃起一堆堆篝火，围着跳啊，唱啊，火光照亮了 1945 年 8 月 10 日深夜至 11 日凌晨的延安！

日本投降了，中国人民胜利了！沈霞此时更坚定了自己的想法。她沉浸在胜利的兴奋中，她也时时刻刻在憧憬着美好的明天。她等待着轻装上阵，等待着和相别五年的亲爱的父亲母亲见面。

8 月 13 日，她给母亲写了一封短信：

妈妈①：

你上次来的信已收到了，我现在很好，一切照旧。我们又照了一张相附上，你看，像不像？这次照得又比真人瘦。

日本鬼子已投降了。我们这里大家高兴得很，想你们那

---

① 据手稿，韦韬先生提供。

里也是罢?！我们很快就可以见面了，愿你们好好保健身体，战后可以做一些事。

我不需什么东西。《约翰·克利斯朵夫》，据说大后方出版了，如爸爸有的话，给我寄一本来吧！爸爸讲的军用语字典赶快设法带来，现在急用。

你们好！

女儿霞 8月13日（1945）

但是谁能想到，这封信竟是沈霞写给父母的最后一封信！这封信让茅盾夫妇刻骨铭心了后半生！"我们很快就可以见面了！"竟成为女儿的最后渴望。

三十九、意外中的意外

由于说服不了沈霞，萧逸只好于8月12日送沈霞来到婶婶张琴秋家里。8月14日，沈霞在张琴秋家里，给萧逸写了一封信：

萧逸①：

……

因为大雨河水又涨，今天我还未入院，大约明天一定可以入院，星期五可以行手术。

如煮熟的鸡不方便，就不要带了，在这里买活的煮。如不会坏的话，还是杀现有的，煮好了带来。有好桃多带一些

---

① 据手稿，韦韬先生提供。

来，经过市场如能拿的话，就买些西红柿给我。

匆匆

霞　8月14日（1945）

但同样令人没有想到的是，这竟是沈霞写给丈夫萧逸的最后一封信！

两天后，张琴秋联系好医生之后，沈霞于8月16日住进和平医院。

那天早上，吃过早饭，张琴秋扶沈霞上马，叫人送沈霞去医院，张琴秋自己则去市场买鸡、买西瓜、买红糖等物，同时又跑到自己住处边上看房子，好让沈霞出院后住在自己家附近，以便照顾。

第二天下午，医生为沈霞做了人流手术，手术没有遇到什么困难。但18日上午张琴秋去医院看望沈霞时，沈霞告诉张琴秋自己肚子胀痛，胃里不舒服。张琴秋不放心，便问医生，医生说："这是手术后反应，我们已打了止痛药。"

显然，医生对沈霞所说的现象没有予以重视。19日是个星期天，8月的延安，一场阵雨过后，整条延河发大水。住在河这边专程从西北文工团赶来看望姐姐的沈霜和婶婶张琴秋他们，因延河水涨得没法过去，沈霜后来只得待在张琴秋家里。

不料，到20日，汹涌的延河水仍没有退去，和平医院却十分慌张地给张琴秋打来电话，说沈霞出现休克现象，让张琴秋的丈夫苏井观另派一位医生过去。

医院这次传来的紧急情况让张琴秋不知所措，赶快回电话让

166

医院全力抢救。

此时，张琴秋的丈夫苏井观脸色苍白气喘吁吁地找到医生，警卫员把马牵来，可是延河水依然汹涌奔腾，请来的医生站在延河边，望着和平医院无法过去，大家都心急如焚。

此时，电话又响了，张琴秋拿起电话，是医院打来的，对方心情沉痛地告诉张琴秋："沈霞抢救无效，于 11 时去世了！"

张琴秋这位身经百战、从艰难困苦中走过来的红军女将领，听到这个噩耗立刻瘫坐在椅子上，脑子一片空白。

她不顾一切地让人去通知沈霜和萧逸。

萧逸听到这突如其来的噩耗迈不开步子了，心如刀割一般，捶胸顿足，赶到和平医院，跪在沈霞的遗体前泣不成声。

沈霜抱着姐姐的遗体，嘶哑着嗓子哭叫着："姐姐，姐姐，你醒来啊，醒来啊！"悲痛欲绝！

张琴秋瘫坐在医院的椅子上，望着痛哭的人们，望着在床上已经停止呼吸的沈霞，无论如何不敢相信这是真的。张琴秋已经欲哭无泪。

沈霞俄文学校的同学来了，老师来了，医院里一片哭声。学校的领导来了，医院的领导也赶来了，大家没有想到抗战胜利了，这么优秀的学生，这么好的同学，这么多才多艺的沈霞，竟会发生这么大的意外！

8 月的延安，高温让人们汗流浃背，沈霞的丈夫、弟弟、婶婶以及沈霞的同学、朋友，泪水和着汗水往下淌。

8 月 21 日，张琴秋、萧逸、沈霜三人亲自为沈霞入殓，他们用大车将沈霞的灵柩送到俄文学校，下午在学校的礼堂开追悼大会，会上一片抽泣声，所有人都在为这样优秀的党的女儿意外去世而悲伤。追悼大会以后，沈霞被安葬在俄文学校后面山顶上，长眠于哺育她成长的延安土地上。

延安《解放日报》刊发了"茅盾之女沈霞同志病逝"的短讯。

　　[本报讯]老革命作家茅盾先生之爱女沈霞同志，不幸于本月 20 日病殁于和平医院。编译局全体同志 21 日曾举行追悼。

笔者在被萧逸保存着的沈霞 1945 年用过的日记封面上看到，萧逸曾无限悲痛地记着有关沈霞简单的几个日期：

"7 月 9 日—13 日有了孩子"，"8.12 送去"，"8.16 入院"，"8.17 下午施手术"，"1945，8.20，10：45 分死"。

萧逸将这几个刻骨铭心的时间，写在沈霞的日记本封面上，并接着沈霞的日记，续写他在以后一段日子里的痛苦心情。

四十、永失爱女

女儿沈霞的遽然去世，对茅盾夫妇来说，真如天塌了下来一样，简直是晴天霹雳！

然而这"霹雳"的"雷声"，茅盾夫妇是直到一个月之后才偶然获悉，关于这个过程，茅盾在他的回忆录里有一段痛彻心扉的回忆：

大约在 9 月 20 日前后的一日，我略感不适，躺在文协的宿舍里休息，等着德沚进城来接我回唐家沱。以群的床铺在我对面，此时他正和我闲谈。忽然，版画家刘岘夫妇走进房来。他们刚从延安来，在新华日报社工作，那天是第一次出门访友，还带了他们的女儿，一个圆脸大眼睛的小姑娘。那一段时间延安来人不少，但我熟悉的不多；刘岘是我在 30 年代就认识的，那时他在日本学美术，为《子夜》刻过一套版画，后来在延安也见过面，可以算是老朋友了。我自然向他打听延安文艺界的情形。他也侃侃而谈，并说，他还认识我们孩子。忽然他喟叹道："只是沈霞同志牺牲得太可惜了！"我大吃一惊，忙问："你说什么？"他见我的神色不对，便不知所措了，讷讷地问："沈先生，您还不知道？""我不知道，我是第一次听说，你快说，究竟出了什么事。"我顿时从床上坐了起来。刘岘好像做错了什么似的，想开口又不敢开口，眼睛觑着叶以群。我的心猛地紧张了，难道这是真的？怎么可能呢！前几天还收到了她的信啊！我感到一阵憋闷，喘不过气来。这时以群说话了："这是真的，沈霞同志牺牲了……叮嘱我们暂时不要告诉您，怕你们过分伤心，弄坏了身体。前一阵您正好又在赶写《清明前后》……""怎么会死的？出了什么事？"刘岘说："据说因为人工流产，手术不慎，出了事故。详细情形我也不清楚。"我胸中的瘀积化成泪水从眼眶溢了出来。我的亚男啊！你怎么就这样死去了，莫名其妙地死去了！死于人工流产！这不是太不值得了吗？！你在不久前的信中还说："爸，妈，我很高兴，敌人投降了，我们胜利了，等得十分心焦的见面日子等到了，我们一定不久就可以见面。"可见你是热爱生活的，你的生命力十分旺盛，你的人生道路才刚刚开始呀！"这事发生在什么时候？""8 月 20 日。"已经快一个月了！

为什么琴秋他们不来一封信，难道能永远瞒着我们？医疗事故，随随便便害死一个人！难道不负法律的责任！以群似乎猜到了我的心思，递给我一封信道："这是××托人带来的，出于同样的原因，我没有及时交给您。"我接过信，正要抽出信笺，听得楼下传来了德沚的声音。"不能让德沚知道，至少现在不能！"我脑子里闪过这个念头，就连忙把信塞到了褥子底下，并向以群他们做了一个手势。德沚拎了一包东西进门，见我坐在床沿上，就问："病好点了吗？"又说："原来还有客人。"我就介绍道："他们是新从延安出来的。"这时德沚的注意力转到了刘岘的女儿身上，说："看，这小姑娘多么像亚男小时候，圆圆的脸，大大的眼睛。"刘岘一听不妙，连忙把话岔开，与德沚寒暄了几句，就起身告辞。①

经历过无数风雨的茅盾无法面对丧女之痛！他当时瞒着夫人，把巨大的悲痛独自承担着，晚上做梦都在哭！

四十一、迟到的消息

后来，儿子沈霜从延安飞到重庆，让儿子在身边的情况下，茅盾才将女儿去世的噩耗告诉了夫人孔德沚。同样也是催人泪下的一幕！茅盾晚年回忆道：

我们到了"山上"，钱之光夫妇陪我们走进一间小客厅，

---

① 茅盾：《我走过的道路》（下），人民文学出版社 1988 年 9 月版，第 386—388 页。

只见里面搭了一张行军床，阿霜和衣躺在上面。见我们进去，他急忙站起来叫"爸爸"，"妈妈"。德沚喜冲冲地奔过去，抱着儿子边端详边叫道："长高了，也长壮了。"同时向周围搜寻，一面问："亚男呢？亚男呢？"又回头问阿霜："阿姐在哪儿？"儿子着慌了，他没有想到妈妈不知道姐姐去世的消息，讷讷地竟不知怎样回答。

　　德沚扫了我们一眼，发现我们一个个都阴沉着脸，就叫道："出了什么事？你们不要瞒我！"这时儿子说话了："姐姐已经死了。""死了，怎么会死的！这不可能！""这是真的，妈妈，姐姐真的死了，所以让我来重庆。"德沚愣了几秒钟就号啕恸哭起来。

　　我们几个人只好轮番劝她。我说："亚男是没有了，可是还有阿霜，他就在你身边呢。"德沚突然抬起泪眼盯着我："怪不得好几次夜里发现你在哭，原来你早知道了，为什么你要瞒着我呀！"说着又痛哭起来。

　　但毕竟有儿子在身边起了缓和作用，德沚渐渐地停止了哭泣。钱之光夫妇又安慰了几句就离开了[①]。

　　儿子沈霜在父母身边生活了一段时间，茅盾夫妇又毅然决然地将儿子送回了解放区，重返战斗第一线。

　　在这期间，茅盾才陆续收到张琴秋从延安寄来报告沈霞去世过程的信。

　　张琴秋在沈霞去世之后就有信写给茅盾夫妇，信中说：

---

　　① 茅盾：《我走过的道路》（下），人民文学出版社1988年9月版，第391—392页。

沚姊冰哥，不幸的消息，想必你们已在电报中知道了，希望您俩不要过分的悲伤！这种不幸的遭遇是不可能不使人难过的，是不能不令人惋惜的！我和霜、萧逸都二三日不能进食，不能安睡，后来又想只有更加努力更加保护自己的健康才对得起已离我们的阿图！他们住在我这里，我时时劝他们。沚姊冰哥！希望你们心放宽些！因为现在事情已不能挽回了，你俩身体都不好，希望你们多加注意！……①

　　张琴秋的这封信茅盾当时并未收到，他依然在给女儿写信，托人带给女儿，牵挂着女儿的一切。

　　张琴秋后来在给茅盾夫妇的信中，又详细地报告了沈霞去世的经过：

　　霞怀孕近 2 月，因为不愿意耽误学习——她们学校已宣布年底毕业，她决心要把孩子打掉，先要萧逸找我，要我帮忙设法解决，我向萧劝说最好不要打，要霞来我和她商量。在 8 月 13 日那天，霞萧都来我处，我劝霞不要打，我曾向她这样说："孩子生后送给你妈妈去亦可，或者交给我，由我负责带。"她说："就算这样，那怀孕期间怎么办呢？根本不能学习，我不干，我在校中见到这样的女同志可多咧，不要紧，我看见人家手术后只要两个星期就可复原，一点没有什么。"我又说："这样做，你妈妈一定不赞成。"她说："嘿！妈妈自己也打过啊！为了我的学习，为了我前途的进步，她不会不赞成我的！……"这样，我们谈到深夜，劝阻不住的结果，我

_____

　　①　据手稿，韦韬先生提供。

172

也同意了。我在什么条件下同意的呢？第一，我尊重她的上进心，她曾比较给我听，牺牲两个星期和九个多月的怀孕期间，长痛不如短痛，这样，我仍可跟上学习，不会掉队，我觉（得）这理由当然是为了将来的进步；第二，霞和我都觉得平日堕胎不是什么大手术，正常的手术两星期后即可复原，可以手术后将营养搞好就会恢复得快！在这两个条件下我同意了她去打，没想到会发生意外，故未事先去电（征）得你们同意。

……16日早饭后我帮她上马，叫人送她到医院，我替她准备东西——买鸡、买西瓜、红糖等物，同时找房子，以便她一星期后出院住在我附近，可注意搞好营养。17日下午动手术，18日上午我去看她，她告我肚子胀痛，胃也不舒服，我喂了她开水，用热水敷，我问了医生，说"是手术后的反应，我们已打了止痛药"，我因自己要检查病，故而回来了。19日是礼拜天，可河水涨得大，不能渡河，阿霜来，因水大没法过河去看姐姐。20日河水仍大，十时左右，得医院电话，说霞病重，快请另一位医生过去。我们回电话要他们设法急救，我们再请医生去，谁知把医生请好，骑马又过不得河时，忽又接电话，说急救已无效，而于十一时牺牲了。闻此噩讯，我几乎昏过去了，太突然！太意外！后来我一面派人去叫阿霜、萧逸，一面去电话通报副主席，要他打电报给您们！因为天气热，不能久停，故于21日早晨我和霜、萧逸亲自入殓，把灵柩用大车送至俄校，下午开了追悼会，全体同学莫不悲痛流泪，三时许安葬于俄校山顶上，现正在做墓碑。

……

日本投降了，整个世界快走向和平、团结、民主的时期，万想不到霞与我们永别了！此时许多同志闻之无不惋惜！可见霞平日之为人也。①

这封信是张琴秋声泪俱下地向茅盾夫妇报告沈霞去世经过的。

一代文豪的女儿就这样为了中国革命，为了事业，也为了自己的灿烂前途，意外地过早离开了这个世界，痛失爱女，给茅盾夫妇留下永远不可平复的痛！

四十二、永远的怀念

女儿沈霞的突然去世，是茅盾夫妇永远无法排遣的悲痛。本来在重庆这充满白色恐怖的世界里，读着女儿充满体贴温存、善解人意的来信，是茅盾夫妇精神上的莫大享受，无限慰藉。不料女儿却意外离去，令夫妇两人痛不欲生。茅盾后来回忆道：

两个孩子，阿霜来信少，因而读亚男的信就成为我和德沚这几年中最大的乐趣。每封信都给我们带来无限的慰藉，每封信都充满了女儿略带娇憨的爱。她在一封信中这样写道："爸爸胖了，这倒是令我们高兴的，爸爸不是从来都是瘦的吗？现在怎么会胖的？我有点想不通，因为照理说近年来只有辛苦。妈呢？胖瘦？我希望她结实些，不要再虚胖，到重庆逃警报也不方便。甲状腺现在是完全好了？念念。"现在这

---

① 据手稿，韦韬先生提供。

样一个活蹦乱跳的女儿忽然没有了，消失了！德沚怎么受得了呢？①

其实，茅盾自己也同样，他对女儿的爱，对女儿的希望，因女儿的突然去世而无法排遣，此后也一直未能熨平心中的创伤，而且常常触景生情，留下不少怀念女儿或和女儿有关的作品。

1946 年，茅盾应邀为萧红的作品《呼兰河传》作序。读着萧红的作品，茅盾又想起自己的女儿，无限伤感涌上心头，借给萧红小说作序，他写下了充满无限深情的怀念女儿的文字。他写道：

今年 4 月，第三次到香港，我是带着几分感伤的心情的。从我在重庆决定了要绕这么一个圈子回上海的时候起，我的心怀总有点儿矛盾和抑悒——我决定了这么走，可又怕这么走，我怕香港会引起我的一些回忆，而这些回忆我是愿意忘却的，不过，在忘却之前，我又极愿意再温习一遍。

……想要温习一遍然后忘却的意念却也始终不曾抛开，我打算到九龙太子道看一看我第一次寓居香港的房子，看一看我的女孩子那时喜欢约了女伴们去游玩的蝴蝶谷，找一找我的男孩子那时专心致意收集来的一些美国出版的连环图画，也想看一看香港坚尼地道我第二次寓居香港的房子……

二十多年来，我也颇经历了一些人生的甜酸苦辣，如果有使我愤怒也不是，悲痛也不是，沉甸甸地老压在心上，因而愿意忘却，但又不忍轻易忘却的，莫过于太早的死和寂寞

---

① 茅盾：《我走过的道路》（下），人民文学出版社 1988 年 9 月版，第 389 页。

的死。为了追求真理而牺牲了童年的欢乐，为了要把自己造成一个对民族对社会有用的人而甘愿苦苦地学习，可是正当学习完成的时候却忽然死了，像一颗未出膛的枪弹，这比在战斗中倒下，给人以不知如何的感慨，似乎不是单纯的悲痛或惋惜所可形容的。这种太早的死，曾经成为我的感情上的一种沉重的负担，我愿意忘却，但又不能且不忍轻易忘却，因此我这次第三回到了香港想去再看一看蝴蝶谷这意念，也是无聊的；可资怀念的地方岂止这一处，即使去了，未必就能在那边埋葬了悲哀。①

茅盾这些至美至情、发自肺腑的文字，寄寓了一个父亲对女儿刻骨铭心的爱和刻骨铭心的痛！

后来，茅盾夫妇在清理女儿遗物时，在女儿的一封来信中发现了过去被疏忽的一段话："《劫后拾遗》我们已经读到。我自己觉得遗憾的是这里面竟没有谈到我所最关心的学生与文化人的情况，在这中间我也找不出你们在那时究竟是怎样的一点影子来。"②

茅盾是流着泪重读女儿的信的，因为女儿生前想知道茅盾夫妇第二次去香港的情形，现在，茅盾为了弥补女儿这个缺憾，特地用了一周时间，写出了三万多字的报告文学《生活之一页》。详细写出了皖南事变后避居香港又恰逢战争的情形，用平实的语言向已去世的心爱的女儿讲述自己的往事。

这组文章，后来发表在 1946 年 1 月 18 日至 27 日的《新民报》

---

① 《茅盾全集》，黄山书社 2014 年 3 月版，第 23 卷第 392—393 页。
② 据手稿，韦韬先生提供。

晚刊上，1947 年由上海新群出版社出版单行本。

四十三、妈妈不尽的思念

茅盾夫妇痛失爱女，直到晚年还思念到刻骨铭心的程度，据儿子沈霜(韦韬)、儿媳陈小曼回忆，在 20 世纪 70 年代，茅盾还曾手捧沈霞中学时代的作文《秋》朗读，"时而抑扬顿挫，忽而高昂激奋，忽而低沉悲怆！"①

沈霜、陈小曼回忆："有一次，父亲对小曼说，'亚男是非常聪明的，她的文笔很不错，俄文又学得好，可惜死得太早了！也许是名字起坏了，'霞'，虽然绚丽灿烂，但多出现在日出日落的时候，短暂而容易消散，不像'霜'，能冻结成冰。当然，这可能有点迷信，但我总觉得是我把她的名字起坏了！'……"②

女儿沈霞的离世，让人更为心酸的是茅盾夫人孔德沚，她不会用文章来寄托自己对女儿的彻骨思念之情，有时甚至幻觉女儿仍在人间。晚年时，她常在恍惚中把孙女错叫成女儿亚男。

据韦韬、陈小曼回忆，1956 年的某一天，小曼陪婆婆孔德沚去医院看病，"突然她郑重其事地对小曼说：'走，上楼去，我们去找杀死亚男的医生，他现在是这里院长，我们找他算账去！'其实给姐姐做手术出了事故的医生并不在这个医院里。小曼觉得妈

---

① 韦韬、陈小曼：《父亲茅盾的晚年》，文化艺术出版社 2008 年 6 月版，第 93 页。
② 韦韬、陈小曼：《父亲茅盾的晚年》，上海书店出版社 1998 年版，第 95 页。

妈的神情有点异常，很紧张，好不容易才把她劝回家"。①

孔德沚对女儿沈霞的思念实在太强烈了，她觉得恸哭已不能宣泄自己的悲愤。在沈霞去世一周年时，她不顾自己文化水平低，流着泪悄悄地写了两页充满思念女儿之情的悼文，这成为她一生中唯一的一篇文字。这里，我们不妨看看这位1925年参加共产党的老共产党人的唯一一篇思念女儿的文章。

> 亚，你是永远不会再回来了吧，可是你妈日夜在等着你有一日再回来呢，也许你妈在做梦，听许多朋友们告诉我你的确是死了，但是我没有看见，你是哪样死的，因为你是活泼健康的青年怎么会死的，不是死得太冤枉了么？

> 亚！你在死的前几天写了一封信，信内这样说："妈，我很高兴敌人投降了，我们胜利了，等得十分心焦见面日子等到了，我们一定不久就可以见面了。"但你自己做梦也没有想到过，只过了两天你会死的。又是这样的死。你妈常想到你死的时候的痛苦，因为你极富于生命力，你觉得胜利后要好好地为社会努力工作，因此，去请教医生，哪知道竟被医生杀了！

> 亚，你妈对不住你，放得你那么远自己不能来看护你，让你不明不白的死去。但是你妈现在只有恨，恨那些好战敌人，假使没有战争，我们不会丢了那个温暖的家，拖着你们去过着流亡生活，吃尽一切的苦，也牺牲了你的学业，但你从不曾说一句抱怨的话，总是自己默默用功，不去浪费一点时间。

---

① 韦韬、陈小曼：《父亲茅盾的晚年》，上海书店出版社1998年版，第96页。

亚，你是个好孩子，就是这样死去了！因为你跟着我们过着没有自由艰苦漂流生活，同时也见到了这许许多多可歌可泣和不合理的事情，因此你后来就深深感觉到做个中国儿女责任重大，因此你就感到吃苦是应当的，要为多数人谋幸福，要使老百姓有一日有好日子过，要为中华民族争口气，先自己要有吃苦精神，你就决心克服过去那些都市生活的习气，学习适应环境的生活。起先你妈非常不放心的，因为你们从不曾远离过父母，生活是相当舒服，可是降低了生活，害怕你吃不消，妨害身体健康！但我的好儿，你真正克服了一切艰苦生活，慢慢弄惯了一切，身体也很好！你屡次来信叫我们不要挂念，你很好！别人也称赞你是个有出息孩子！当然你爹妈听到了多么高兴呀，但是亚，这是一个什么时代，好人总是这样死去呢？这就是不合理、强暴、没有是非的世界吧。你在去年今天死去了，可是吃了八年苦的同胞们今年再死在内战炮火里，你还活着的话，一定增加你怒火去和敌人拼，你安息吧，有千千万万人续你工作。①

在文中她诘问这世界："为什么好人总是这样死去呢？"

四十四、萧逸牺牲

失去爱妻的萧逸，在相当长的时间里都沉浸在刻骨铭心的悲痛中，他一想起和沈霞相识相恋相爱五年的往事，立刻泪流满面。

---

① 据孔德沚手稿，由韦韬先生提供。

每到夜里，凄凉感袭来，他彻夜失眠，闭上眼睛，眼前就出现了沈霞笑呵呵的样子，萧逸立刻想和沈霞说话："你又在骗我吧，你根本没有死！"忽然，沈霞又不见了，在黑黑的夜中，萧逸知道自己出现幻觉了。

对爱妻沈霞的死，萧逸心痛之极，也常常自责，他觉得是自己没有坚持反对，以致酿成悲剧。他在沈霞去世不到一个星期，即8月25日写的日记中，将自己失去爱妻比作"好像失了家的狗一样，找不着落（家）"。他说：

> 今天是霞死的第六天了，我搬到鲁艺孔厥那里暂住。我心痛极了，我好像失了家的狗一样，找不着落，五年来心总有依托的地方的，现在却突然把依托的霞强拉走了。我想着想着就要哭，伤心啊，这都是我的罪过，我不让她打，最多让她骂我一辈子，即使打我一辈子也成，我怎么这样糊涂呢？她说：简直是梦想啊！现在真的应验了，她死了，我永远成了梦想了啊！
>
> 说一些空话有什么意思呢！我要为她的遗志奋斗，但是我现在还钻不出那感情，一天到晚糊里糊涂，一天到晚心里难受，我一定要完的，回想起来，五年（来）我们经过了多少磨折、苦痛，但她对我这样忠实，这次我却把她毁灭了，我为什么这样呢，该死啊！我为什么这样呢！想想胜利就在眼前了，人家却在高高兴兴谈论着，我却得到这样重大的不幸！
>
> 梦想啊！梦想啊，永远是一个可怕的梦啊，霞，你死在九泉下也要恨死我的，我太对不起你了呀！①

---

① 据萧逸日记原件，由韦韬先生提供。

写完这一天日记的晚上，萧逸又梦见了沈霞。他在 8 月 26 日的日记中写道："到天亮我梦见了她，很模糊地见了她，我们俩正商量给爸爸写信。"

后来，萧逸在日记中多次写道，"只要有霞，什么苦都可以受得了的。"

而在生活中，有时他也会自言自语地说："霞，你真的死了吗？我不相信啊！我哭你，你听见了吗？"

在 8 月 28 日的日记中，萧逸写道：

> 早饭时，又想到霞，心里痛极了，好像针在扎似的。后来碰到艾青，他又安慰我，他说："我半年没有见她，她是很健康的，她母亲很欢喜她的。"我听了这话就要哭出来……
>
> 看见任何一个女同志，我就想起霞来，并且和她比较。结果是我的霞是最好的，事实也是最好的。①

萧逸在沈霞去世后，常常因悲伤而神情恍惚，常常想起和沈霞在一起的情景。

看见"远处的山上隐约有一黑点，我断定这就是她住的坟。"买个西瓜一个人吃不完，立刻想到"我吃不完，有霞，我们两人一定可以吃完了的。现在却没有，只好拿在手里，直到手酸了，送给过路人"。

沈霞去世十多天了，萧逸依然悲痛不能自已，在 9 月 2 日、3

---

① 据萧逸日记原件，由韦韬先生提供。

日的日记里，他记录了自己当时的悲痛：

9 月 2 日

晚上做了可怕的梦，孔说我说很多梦话，早晨我又想起霞了，半夜醒来想她，我又非常难受，早饭以后就到张先生那里去，等了半天才回来，但我已恐怖得不敢坐在窑洞里了，我到外面走走，心里痛得很，我很想立刻躺在地上哭一顿，但我又哭不出来，真伤心啊！我总还不信霞真的不在了，我好像还看到她似的，但她真的不在，实在不在了。伤心！

阿霜也来了，张他们也回来了，他们还是劝我，但有什么用呢！我又哭了，我真的这样软弱吗？别的什么都可以的，但现在是损失了我自己一样。

回来又打五百分，我要钻在里面，忘记我的苦痛。

9 月 3 日

今天本想去俄校，但脚肿了，痛得不能走，碰破了一点就这样痛，动手术当然更痛，哎，霞，我难受啊！我不能向你忏悔呀！早晨把你的照片贴好了，这就是我一身能够唯一见到的你，既说去上海不能带，这多伤心啊！否则我俩一起到上海工作，过我们理想的生活，实现我们的计划，但现在什么都毁灭了，什么也不存在了。人家说我脆弱，我也只有承认，因为我不能忘了你的啊！今天整日好像无所思想，但脑子整天轰轰鸣叫，心里总是觉得掉了什么似的。①

萧逸是 9 月 19 日离开延安的，他带着无尽的哀伤投身于新的

---

① 据萧逸日记原件，由韦韬先生提供。

革命斗争。年底，他转入新华社工作。

其间，萧逸和茅盾夫妇保持着密切联系，茅盾夫妇仍一如既往地关心着萧逸的身体、工作及进步。这里我们收录两封茅盾夫妇在 1946 年写给萧逸的信：

萧逸①：

你离延前及以后所写各信都收到了。霞的意外的死，我们直至 10 月初，方才知道，那时你已离开延安了。我们很悲痛，虽然时时从大处远处想，极力自慰自宽，然而又何能遽尔释然呢。这大概因为我们老了之故。我们却不愿你们年轻人也学我们的样，你要把悲悼之情转化为学习与工作的勇气与毅力。从桑的来信中知道你在张垣做报馆工作，很好。我们不久也要到上海去，下半年或者（如能交通方便）要到北平；我们有机会见面。望你自爱自重，我们把你当作霞一般的爱你。此信因托人带北平，匆匆不及多谈了。

祝好

父母字　2 月 26 日（1946）

逸儿②：

去年 8 月以后，陆续接到你的几封信，最近又接到桑转来的信，知道你一切都好，我们很高兴。霞的死，我们悲伤不能自已。日久以后，这悲痛之情，或可稍杀，但是这创伤是永远存在的。我们现在不愿意多说，以致引起你的悲痛，

---

① 见《茅盾全集》第 36 卷，人民文学出版社 1997 年版，第 241—242 页。

② 同①，第 242—243 页。

我们但愿你努力学习，日有进步，不久以后，希望能见你。现在你做记者，也好；做记者能使见闻广博，且有练习写作的机会。做事不能有恒是学习上一大障碍。我也知道有时不能随心所欲专作一事，但能做一事而较专较久，自属必要，我们盼望你能够久于这现在的职务，比方说一年或两年。前次听说你身体不大好，心脏不强，现在如何？年轻有这些毛病，应当及早医治。从前种种条件不够，以后想可不同。下半年我们要到北平游历，那时我们设法为你医治——如果你的心脏的确不大强。我们最近要离开重庆，转道香港再到上海，你有信可交给桑寄出。

这是最近我们给你的第二信，第一信收到没有？余后详。祝好。

爸妈字　3月13日（1946）

而作为新华社的战地记者，萧逸奔走于晋察冀地区，化悲痛为力量，深入采访，写出了一大批战地通讯，如《访新生的战防连》《模范的机炮连》《定县城解放第一天》《一个新兵连队是怎样锻炼起来的》《活捉装死的张翼》《某营部队讨论攻打石家庄街市战》《大功臣纪红凌怎样坚守阵地》《核心工事巡礼》《王纪华班立双功》《揭穿中央社的牛皮》，等等。

但是在1949年4月解放军解放太原时，萧逸不幸牺牲。他是新华社牺牲的战地记者之一。

当时茅盾夫妇得此噩耗后，同样悲痛不已，茅盾在一封给萧逸战友的信中曾说：

萧逸此番在前线牺牲，大出意外，我们的悲痛是双重的，

为国家，失一有为青年，为他私人想，一番壮志，许多写作
计划，都没有实现。萧逸之死使我几次落泪。①

是啊，舐犊情深，茅盾夫妇对爱女爱婿的先后去世和牺牲，
永远是刻骨铭心的！

沈霞、萧逸都是为民族解放为中国革命勇于奉献乃至献出自
己年轻生命的革命者。在新中国成立七十多年后的今天，我们应
该将他们的奋斗精神和崇高的理想发扬光大。

四十五、姐姐去世后的沈霜

沈霞意外去世后，弟弟沈霜长时期沉浸在悲痛之中。

1945 年 3 月，沈霜加入了中国共产党，成为在延安的一名共
产党员。这也是沈霜梦寐以求的事。在延安，虽然父亲茅盾的一
些朋友，都已经是共产党的领袖人物了，但沈霜加入共产党，完
全是他自己积极努力的结果。沈霜不希望别人知道他的父亲是茅
盾，以及他和中央高层领导有关系而被特殊照顾，所以沈霜在入
党时，支部的同志给以沈霜高度评价。沈霜在工作中体现了独立
性，得到自己工作单位同事、领导的一致肯定。这是沈霜在茅盾
家风影响下对共产主义理想的一种自觉追求。

姐姐沈霞突然去世的噩耗，让沈霜猝不及防，他和婶婶张琴

---

① 《茅盾全集》，黄山书社 2014 年 3 月版，第 37 卷第 304 页。

秋、姐夫萧逸一时都无法面对这样的现实。而且更让他揪心和心痛的是，在重庆的父母亲还不知道姐姐已突然去世，还以为姐姐和姐夫在延安幸福地生活，积极地工作。

沈霜于 1945 年 10 月到达重庆父母身边，详细告诉母亲姐姐去世(父亲茅盾早已知道)的消息，从此母亲孔德沚对儿子沈霜照顾得无微不至，连出门都跟着，生怕被特务绑架，或者怕儿子失踪。这让在延安大熔炉里成长起来的沈霜，觉得有点别扭。他知道姐姐去世后，母亲对他的担心、忧虑，但自己是共产党员，应该为党工作，同时也必须负起成人的责任。

看着儿子不愿让父母操心的样子，茅盾也十分焦急。本来对儿子回到重庆以后，下一步学习工作的事，茅盾心里也没有谱，于是，茅盾在和儿子沈霜做了一次推心置腹的谈话后，茅盾认为儿子沈霜应该继续读书，最好是从事理工科的专业。

然而，事情往往并不随人意，当时，由于民族解放战争的进展，中国共产党急需大批干部去华北、东北工作。形势的发展下，沈霜进大学做理工科学问的想法，已经不太现实。

1946 年 1 月 12 日，沈霜接到通知，去北平工作。

这天，茅盾夫妇再送儿子沈霜上前线，母亲孔德沚这位老共产党员，心中再不舍，也明白儿子已经是共产党员，不应该只顾自己的小家，应该为民族解放事业去奋斗。她告诉儿子，去吧。在共产党领导下工作，我们做父母的更放心。

沈霜到了北平以后，很快给茅盾夫妇来信，告诉父母亲，到了北平以后，组织上安排他去《解放三日刊》工作。在报社做校对和内勤记者。从此时开始，沈霜开始走上新闻编辑的道路，这是父亲茅盾万万没有想到的。

大概从这个时候起，沈霜开始改名为韦韬，表示在自己的人生道路上，不靠父亲名气，靠自己努力，"韦韬"取坚韧不拔，勇往直前，又低调内敛之意，表明坚守自己入党时的理想信念。

1946 年 6 月，组织上安排沈霜去张家口的华北联合大学当助理员。这是一个培养年轻干部的岗位，这一年沈霜 23 岁。

沈霜去了华北联大以后，工作十分积极，期间，沈霜被组织上抽调去参加两个月的土地改革工作，在实践中锻炼。后根据组织安排，于 1947 年 9 月到 1948 年 6 月，在东北通化《辽东日报》担任外勤记者；1948 年 6 月到 11 月，沈霜在东北《安东日报》社担任外勤记者组长。1948 年 12 月到 1949 年 4 月，沈霜调《东北日报》、《沈阳日报》副刊做编辑。

整个解放战争时期，沈霜一直在东北解放区的新闻战线上工作，一直到全国解放。

新中国成立以后，沈霜在北京外国语学校学习一年后，又转入解放军序列，从事军事刊物的编辑出版工作。这是后话。

附：萧逸写给沈霜的三封信

之一

阿霜：

我们已到了绥德了，还住四天走，一路都很好，不必挂念。我已经和张先生说了，要她把霞的东西重新整理一下（如不能带去），你代去一下，把日记、相片、书信，以及可以留的留下，将来我要给她写一篇小说，这些是唯一的参考材料。她的衣服也代我留几套，毛背心，旗袍等。我们的行装共十斤，现在还要减，一个人只留一条被子，二套军衣，一件毛衣，因山西情况复杂，必要时自己背了走。这次我没有带霞的东西还是好的，否则还是要丢的。

如爸爸妈妈来信了，给我写封信，信可以这样寄：晋察冀华北文艺工作团，也可以收到的。

再你去看看霞的墓碑做了没有，再拖怕做不了了。我想不到他们这样刮皮，工匠吃几顿饭也不愿意！

好！

肖逸①　10 月 1 日（1945）

到这里我本想给爸妈写封详细些的信的，但我屁股上生了一个疮，痛得要命，明天又要走，只好到河边再写了。这封信是过去写的。

之二

阿霜：

在绥德我曾给过你一封信，并附有爸妈的信，不知收到否？给爸妈的信有一个"枝"字错写了，应该是"支"，望代我改一下，因为这是在神经错乱中间写的，如还有错字一并给改一下吧。

霞的东西不知已带去重庆没有？如不能带，你一定给负责再整理一下，把有关文字方面的，一律留下，带去，别的如衣服可以给我留的留一二套，不能也只好丢了。但我希望可以保留她的一切东西。我不怕增加回忆时的苦痛的，因为我值得为她痛苦的。

对你我有这样意见，希望你能进正规的学校，不是"试办"性

---

①　原信如此。

的。光阴，生命，青春决不能轻易被试验的。你现在年纪虽轻，但也再不能等待了。昨天，我们知道国共谈判有部分协议，将来进正规学校是完全可能的。我觉得我也重视思想的，但正确的思想是各种智识的丰富及有着一定的社会科学，自然科的知识，否则还是空的。你的意见不知如何？

我们现在可能去东北，但还没有最后确定。

再，给爸妈的照片，有我拿照片拍的那张不要寄给他们，这反使他们更伤心，给我保留下就可以了。

再向北不知通信方便否，如可能，每到一大地方我会给你写信的。

好！

逸　10 月 11 日（1945）

之三

阿双：

去年秋在绥远我接到你的八月份的来信，以后一直在行军作战，交通又不便，也没有机会给你去信。后来我又生了一场小病，转到后方去修［休］养，最近我才回到冀北总分社，何去未定，所以也没有给你信。不知你是否还在《安东日报》工作。

在石门附近时我见到报纸上爸爸和妈妈已来到解放区（那时我才从察哈尔回来），以为他们一定在我们附近，高兴极了。但一打听，他们还在东北呢！本来我想，也许要在香港见到他们的，但现在看样子，恐怕一年内还看不到他们的。

两年来我们一直在行军打仗。从没有在一个地方经过两星期以上，虽然很疲劳，但对战争还是有了初步的了解，也体会了战争的生活……

说明：萧逸致沈霜三封信的时间分别是，第一封信写于 1945 年 10 月 1 日；第二封信则写于同月的 11 日；第三封信写应写于 1949 年初，因为其时他已打听到茅盾夫妇尚在东北，可知是在北平会面之前。这封信无落款，无时间，应该是一封还没有写完的信。

后　记

这是一部围绕沈霞、沈霜成长的有关茅盾家事的传记，我尝试用历史和文学的语言，讲述茅盾家事尤其茅盾女儿、儿子成长的故事。

一个家族的文化背景，是一个家族成员的言行举止反映出来的精神气质。茅盾是世界文学巨匠，是中国共产党最早的党员之一。在茅盾的家庭生活里，既有奋发向上的浓厚氛围，又有深厚的革命情怀，是一个温馨的革命家庭。

茅盾女儿沈霞短短 24 年的生活，受到家庭氛围的深刻影响，受到母亲自强不息和父亲奋发有为精神的熏陶，也受到历史时代的感召，从而成为走在时代前列的一个有为青年。

今天，当我们看到沈霞、沈霜年轻时的生活经历，看到他们的成长故事，依然被他们爱国爱党的情怀所震撼。

沈霞、沈霜出生在一个开明进步的革命家庭里，他们的个人自由等得到充分尊重，他们的点滴进步受到鼓励，从而他们对生活充满自信！而那些无私奉献的革命前辈，是他们心目中的英雄！沈霞、沈霜的人生观，就是在这些前辈和自己父母的价值观熏陶影响下形成的。

作为一位无产阶级革命作家，茅盾深知要革命就会有牺牲的道理，他见过无数革命的仁人志士，为了民族的解放事业，抛头颅，洒热血，名垂千古！但是，年仅 24 岁的女儿沈霞的意外去世，让经历过时代大风大浪的茅盾，始终无法释怀。

茅盾晚年在北京的四合院里，万籁俱寂，孤独的他，拿出女儿沈霞在中学时期的作文本，高声朗读，悲痛和苍凉，弥漫在小小的四合院里，这是一个老父亲对女儿的怀念，思念；一个老父亲对女儿离去的万般不舍。有时他甚至不断地叩问自己：是不是把名字起错了？霞，无论是朝霞还是晚霞，都是美丽的，但却是短暂的。茅盾无法找到答案，茅盾无法想明白，好好的女儿，聪明活泼的女儿，怎么突然不在了？

1945年，女儿沈霞的意外逝世，1949年女婿萧逸的牺牲，让茅盾夫妇后半生的痛，刻骨铭心！

茅盾的夫人孔德沚，一生都在为革命奋斗。她自强不息，从一个到结婚还没有进过学校的人，不识字的普通女人，到可以读书看报，秘密参加革命，加入共产党，在上海从事妇女运动，帮助茅盾誊抄《子夜》等作品，人生的努力和艰辛是可想而知的。

孔德沚一辈子就是照顾茅盾，照顾子女，让他们吃饱穿暖，让他们安全健康。所以当孔德沚突然知道女儿沈霞去世，无论如何也接受不了这个事实！中华人民共和国成立后，儿子沈霜（韦韬）有了下一代，她常常将已经长大的孙女，恍惚中叫成女儿乳名——"亚男"，以为是女儿沈霞；她一直以为女儿去世的消息，是个假消息，有一天女儿会突然出现在她面前，告诉她原来是一场梦啊！沈霞去世一周年时，孔德沚写下了人生中唯一的一篇文章，倾诉自己对女儿的思念！

今天，了解了茅盾女儿沈霞的短暂一生后，同样为沈霞惋惜！本来一个很有造就的青年，一个才华横溢的才女，以后的生活道路，一定是光明灿烂的，前程是无可限量的。但是，她却早早逝去，所以在写这部《茅盾家事：不能忘却的记忆》时，我为茅盾失去这么优秀的女儿而痛惜，也为中国革命失去这么优秀的年轻党员而可惜！

在茅盾夫妇影响下，茅盾的儿子沈霜（韦韬）先生，同样值得我们忆念。他是在延安加入共产党，是一位低调正直、廉洁自律、无私奉献的优秀军事编辑工作者。

二十年前的世纪之交，我在搜集整理沈霞史料时，韦韬先生及时提供了沈霞的作文本和日记，以及沈霞给茅盾夫妇的家书，在大量的资料里，让我全面了解沈霞、沈霜的成长过程，把握沈霞、沈霜成长过程的重点经历。

这部有关茅盾1949年前家事传记的出版，吕莺老师倾注了很多心血，逐字逐句推敲编辑，让这部作品的文字更流畅，语言更丰富。在此，对吕莺老师辛苦、认真的编辑，表示衷心感谢。

相信读者通过此书，对茅盾的了解，对今天子女革命传统教育，红色传承，会有很好的感悟。

2021 年 12 月 30 日　杭州